No jopas sattui Korvatunturilla

Markku Ukonaho

No jopas sattui Korvatunturilla

Joulunovelleja

Uusittu painos

© 2021 Markku Ukonaho

Kansi ja kuvat Elmiina Orjasniemi

Kustantaja: BoD - Books on Demand, Helsinki, Suomi

Valmistaja: BoD - Books on Demand, Norderstedt, Saksa

ISBN: 9789528050209

Helsinki 2021

Novelliluettelo

I

HENKKA TIETOKONETTA OSTAMASSA

Vastanimitetty IT-tonttu Henkka Bittinen tuskaili kammiossaan tietokoneen kanssa. Uusi laite meni partakarvan verran yli Henkan hilseen.

- Voihan turkasen tulimmaista ja kautta Pukin tuuhean parran! Minä en kyllä ymmärrä tästä vehkeestä taas yhtään mitään.

- - - - -

Henkka oli reilu viikko aiemmin käynyt Helsingissä hankintamatkoilla. Mukana matkalla oli ollut Korvatunturin logistiikkavastaava tonttu Reima Reki. Parivaljakko oli matkustanut tuntemattomina, parrattomina ja lantalaisten eli etelän kaupunkiasukkaiden asuihin sonnustautuneina. Tarkkaavainenkaan ihminen ei olisi arvannut, että noiden siloposkien takana piili yhteensä kolmatta sataa vuotta korvatunturilaista elämänkokemusta. Vaikka eihän tuo vuosimäärä Korvatunturin mittakaavassa ollut kuin nuoren työtontun ikä, josta varsinainen oppiminen vasta alkaa. Juuri tuosta syystä Joulupukki olikin osoittanut Henkka Bittiselle Korvatunturin IT-puuhien kehittämistyön.

- Sinä Henkka, kun olet noin nuori, niin voisitko katsella hieman noita atk-touhuja! Niitä kuuluu olevan olemassa nykyään jotain keveämpiäkin tietolaitteita.

Minä en enää jaksa paneutua tuommoisiin uusiin atk-kotkotuksiin. Tutkaile olisiko noista uudenlaisista vempeleistä meille tänne jotain hyötyä! oli Pukki evästänyt Henkkaa siirtämään Korvatunturin nykyaikaan.

- - - - -

Henkka ja Reima olivat marssineet Helsingin katuja uusissa Joulupukin pajan lahjatavaroiden tuotantolinjalta hankituissa tamineissaan. Ohikulkevat ihmiset olivat luoneet hieman hämmästyneitä katseita kohti melkoisen oudolta näyttävää kaksikkoa. Molemmat näyttivät aika lailla ylikypsiltä tamineisiinsa. Henkalla oli päällään tummanpunainen kevyttoppatakki, jalassaan bootsit ja tiukat siniset farkut, Reimalla oli taas vaaleansininen, pullean untuvainen toppatakki ja polviin asti ulottuvat peurannahkasaappaat. Noihin olemuksiin, kun yhdistettiin takkien väriset, isotupsuiset pipot ja selvästi vuosien uurtamat kasvonpiirteet, oli ulkoiseen olemukseen muodostunut aikamoinen epäsuhta.

- On taas ulkomaan hipit lähteneet imemään vaikutteita ja mitä lie muutakin tänne Pohjolan kulttuurikaupunkiin. Kyllä nuo risteilyalukset tuovatkin kaikenkarvaista otusta tänne Stadiin! tuhahti kaverilleen rautatieaseman seinustalla nojaileva, tupakkaa imevä stadilaisjuppi Rape.

Puhelinluettelon kartan avulla suunnistaen löysivät Korvatunturin hankintamatkalaiset tiensä Fooruminkeskuksen alakertaan tietokoneiden Jättimyymälään. Ovella meinasi korkealla pömpelissään istuva vartija jo koukata kaverukset kiinni ja ohjata takaisin ulos, mutta jokin tulijoiden olemuksessa hillitsi häntä. Oliko se heidän vakaa ja päättäväinen askellus vai mikä?

- Onhan noilla sentään aika siistit vaatteet, joita ei taida olla vielä edes Stadissa myynnissä, joten ei nuo oikein myymälävarkailtakaan näytä, tuumaili vartija itsekseen perääntyessään takaisin sisääntulon vierellä sijaitsevaan valvontapömpeliinsä. - Ovat varmaan jotain ulkomaan eläviä.

Vartijan epäilyistä tietämättöminä kaverukset marssivat kassan ohi kohti kauempana näkyviä tietokoneita. He siirtyivät huuli pyöreänä hyllyköiden väliin. Henkan katse hipaisi vuoronumerolaitetta, mutta järkyttyneenä laitepaljoudesta, hän vilkaisi taakseen kohti tulo-ovea varmistaakseen poistumistien. Lähestyvä myyjä käynnisti lopullisen paniikin.

- Nyt häivytään täältä, kuiskasi Henkka ja kaappasi Reimaa käsivarresta.

- Miksi me nyt jo, pyristeli Reima vastaan, juurihan me vasta tultiin?

- Mennään sinne Verkotus Osakeyhtiön kauppaan Jätkiensaareen, jos siellä vaikka olisi rauhallisempaa katsella. Se kauppahan saattaa olla vaikka jonkun pohjoisen miehen, joka on perustanut oman kalaverkkokaupan sinne saareen? Sen kanssa pystyy varmaan paremmin juttelemaankin ja tekemään rauhassa kauppaa.

Ei ollut Reimallakaan parempia perusteita Jättimyymälään jäämiselle, joten takaisin kadulle ja kartta esiin. Reima avasi kartan ja alkoi tutkia sitä logistiikka-ammattilaisen silmin.

- Ei sinne ole matkaa kuin kovasti vajaa poronkusema, joten eiköhän lähdetä lampsimaan, ilmoitti Reima tovin karttaa tuijoteltuaan ja hieman peukalohangalla mitattuaan.

Ja niin kaverukset marssivat kohti Jätkiensaarta eksymättä kertaakaan reitiltä. Pari kertaa hipoi raitiovaunu tonttuparin toppatakkien hihoja ja räväytti kimakan äänimerkin liian lähellä raiteita lampsivalle Joulupukin lähettämälle hankintaryhmälle.

Eikä aikaakaan, kun Henkka ja Reima saivat Verkotuskaupan kyltit näkyviinsä.

- Kyllä ei taida olla kyseessä mikään perinteinen verkko- tai muu kalastusvälinekauppa tuo? aprikoi Reima. - Tuosta ei kyllä ulkopuolelta selviä, mitä ne siellä myyvät.

- No isoltapa se näyttää tosissaan! Mikä ihmeen kauppa tuo oikein on? säesti Henkka. Mutta tuonne se on meidän mentävä tiedustelutonttujen raportin mukaan.

- Mutta kyllä niissä mukaan saamissamme raporteissa mainittiin, että tuollakin on niitä atk-vehkeitä myynnissä. Oli se vaan hyvä, että saatiin osoitteet mukaan, kun miten täällä olisi muuten osannut oikeisiin paikkoihin!

- Olisi ehkä pitänyt lukea ne raportit tarkemmin jo ennakkoon. Olisi ollut parempaa tietoa noista kaupoista. Mutta eteenpäin elävä tontun mieli ja mennään reippaasti koputtamaan kaupan oveen! hönkäisi Henkka ja joudutti askeliaan.

Verkotuskaupan sisäänkäynti lähestyi, mutta yhtäkkiä Reima pisti stopin kululle. Henkka törmäsi Reiman selkään ja molemmat meinasivat tuupertua jalkakäytävälle nenilleen. Reima kerkesi napata käsivartensa lyhtypylvään ympärille ja pysyi sen ansiosta tolpillaan. Henkka tarrasi Reiman käsivarteen ja pysyi hädin tuskin jaloillaan.

- Kato, kato nyt! hoki Reima tuohduksissaan. Onko nuo nyt niitä?

- Mitä ihmettä sinä stoppasit varoittamatta kesken rivakan marssin? tiuskaisi Henkka hieman vihastuneena samalla, kun hieroi Reiman selkään iskeytynyttä nenäänsä.

- Sano nyt onko nuo niitä? hoki Reima edelleen.

- Mitä ihmeen niitä?

No kun tarkkailijatontut ovat kertoneet raporteissaan niistä syntilauttalaivoista. Juuri viime viikolla juttelin Helsingistä tarkkailureissulta palanneen tonttu Kake Kurkkijan kanssa. Kake kertoi olleensa parina vuotena tarkkailumatkalla jollain isolla laivalla, jossa ihmiset puuhailivat vaikka mitä.

- Mitä, mitä ne semmoiset puuhat sitten on?

- No, ne nyt on semmoisia hyttipuuhia, joilla ei saa enää nimeään Joulupukin lahjaluetteloihin. Jotain tuhmaa siellä puuhaillaan, himohommia.

- No huh, huh! Taitaapa ollakin aika pahoja puuhia! hönkäisi Henkka.

- On, on! Ja sitten siellä juodaan niitä huurteisiakin mahdottomasti. Enkä puhu mistään ikkunahuurteista tai jääpuikoista, vaan alkomahoolihuurteisista olveista.

- Oletko aivan tosissasi?

- Joo, joo! Siellä sitten wc-komeroissa on keltaiset nesteet pitkin seiniä ja lattioita, ja vieläpä öristään pitkin käytäviäkin.

- Onpas villiä touhua! Ja lahjatonta aivan ansaitusti! Mutta nyt on jatkettava hankintahommia, muuten Pukki polttaa nuttunsa hihat.

Kaverukset ponkaisivat kaupan ovesta sisään ja suoraan rullaportailla toiseen kerrokseen. Myymälän portilla kumpikin pysähtyi salamana nähdessään tavarapaljouden. Myymälään pyrkivät asiakkaat tönivät jo tonttuparin selkiin ja tupisivat turisteista, jotka eivät osaa liikkua tarpeeksi rivakasti. Henkan ja Reiman ei auttanut muu kuin siirtyä rivakasti eteenpäin hyllyjen väliin.

- Katso! Tuolla on neuvontapiste. Mennään kysymään sieltä apua! kuiski Reima Henkalle.

- Joo, mennään vaan, pakkohan se on uskaltaa! Meidän täytyy hankkia ne vempeleet täältä. Ei keritä enää käydä muualla. Pukki sanoi, että huomenissa on oltava takaisin Korvatunturilla.

- Päivää! Pomo lähetti meidät ostamaan semmoista tietojen konetta, jota kannetaan, soperteli Henkka neuvonnan henkilölle.

Neuvontapisteessä oli vuorossa Jimmy Kasinen, joka oli koko nuoruutensa harrastanut tietokoneita ja oli varmasti yksi parhaita henkilöitä auttamaan tietolaitehankinnoissa. Jimmy ensin hieman säikähti kahta kummallisesti pukeutunutta yli-ikäistä miestä, mutta rutinoituneen myyjän tavoin ryhdistäytyi ja otti tilanteen hetkessä haltuunsa.

- Nyt olettekin juuri oikeassa paikassa! Oliko Teillä erityistoiveita laitteen suhteen?

- Pomo sanoi, että jos siitä olisi apua, vaikka papereitten järjestämiseen, niin semmoinen me varmaan tarvitaan ja sitä pitäisi liikutella kammios... tuvasta toiseen ja pajallekin, selitti Henkka.

- Eli siis toimistotyöhön …, katsotaanpa sitten. Onko teillä itsellä tai teidän pomollanne kokemusta kannettavista tietokoneista?

- Ei meillä kellään ole ja nyt pitäisi päästä opettelemaan semmoista konetta.

- Kannettavia sanotaan nykyään yleisesti läppäreiksi, kun niissä on semmoinen kansiläppä. Tai ulkomailtahan se nimitys tulee, kun sitä sanotaan laptopiksi, mutta meillä on alettu sanomaan sitä läppäriksi. Mennäänpä tännepäin! Jimmy lähti kohti tietokonehyllyjä.

Henkka ja Reima säntäsivät Jimmyn perään edelleen silmät ymmyrkäisinä näkemästään tietokoneiden määrästä.

- Jos teillä ei ole kokemusta eikä erityisiä toiveita laitteiden suhteen, ehdottaisin jotain hyvää keskihintaista läppäriä. Voitaisiin rakentaa siitä paketti, jossa on tarpeeksi muistia ja valmiina toimisto-ohjelma.

- Ei me varmaan nyt joudeta mitään rakentamaan …, aprikoi Henkka. Jos vaikka löytyisi semmoinen heti valmis, kun on tämä kiirekin?

- Niin en minä tarkoita semmoista rakentamista, vaan kerätään laitekokonaisuus, jonka ominaisuudet riittävät heti teidän ja pomonne tarpeisiin. Sitähän voi sitten laajentaa tarpeen mukaan myöhemmin, kun pääsette sinuiksi laitteen ja ohjelmistojen kanssa, selvensi Jimmy.

- Ei kai sitä laajentamaan …?

- Niin, tuo laajentaminen tarkoittaa vähän kuin paksumman mapin ottamista käyttöön, kun mappiin laitettavien papereiden määrä lisääntyy. Läppärin laajentaminen tarkoittaa laitteen muistikapasiteetin lisäämistä ja se on helppo homma ja hoituu vaikka täällä meidän huollossa.

- Noo ... sitten! huokaisi Henkka helpotuksesta.

- Tässä olisi tämmöinen 512 Gigatavun SSD-muistilla varustettu Lensoton Itea-läppäri, jossa on jo uusin Windows-versio sisällä ja lisäksi toimistopaketti. Kun lisäksi laitetaan mukaan ulkoinen yhden Teratavun kovalevyasema, niin tallennuskapasiteetti riittää kovaankin käyttöön.

- Olipas tuossa paljon outoja sanoja, joita en ole koskaan kuullutkaan! Tai onhan meillä kovalevyä kiinteistöhuollon varastossa pinkkatolkulla, häkeltyi Henkka.

Reimalla pyöri silmät jo päässä koko homman suhteen. Hän kuunteli Henkan selän takana kauhuissaan ja vetäytyi hieman kauemmaksi viereisen hyllyn taakse. Reima ajatteli mielessään, että kyllä logistiikkahommat ovat helppoja noihin tietojuttuihin verrattuna. Mutta onhan noilla nuorilla kykyjä, vaikka mihin, kun tuo Henkkakin on minua melkein kaksi vuotta nuorempi.

- Näiden kovalevyt ovat kyllä hieman muunlaisia kuin rakennustöissä käytettävät levyt. Mutta onhan siinä noita termejä, niistä ei juurikaan tarvitse välittää sitten, kun laite on käyttökunnossa. Ne tekevät työtään laitteen sisällä käytettäessä. Ja sitten kun laite tulee tutuksi ja tarvitsee hankkia lisäkapasiteettia, niin homma on jo tuolloin varmaan paremmin hallinnassakin, evästi Jimmy.

- Meinasikin tulla jo hiki kaiken tuon tietopaljouden äärellä, huokaisi Henkka.

- Kannattaa vaan alkaa tutkailemaan ohjeita netistä ja reippaasti vaan kokeilemaan konetta! Sille ei juurikaan pysty tekemään särkivikoja eli rikkomaan. Ja se kyllä ilmoittaa itsekin, jos jokin menee vikaan. Parasta on runsas ja monipuolinen käyttäminen. Silloin sen oppii itsekin parhaiten! kannusti Jimmy häkeltynyttä asiakastaan.

- No niinhän se varmaan on! Oppiihan sitä siinä! mietti Henkka ääneen melkoisen huolissaan oman oppimisensa suhteen.

- Ja eri puolilla Suomea on olemassa hyviä paikkoja, joista voi kysyä lisäoppia. Monilla paikkakunnilla toimii yhdistyksissä ja kirjastoissa tietokoneopastajia, joilta saa hyvät opit laitteiden käyttöön ja myös ongelmatilanteisiin. Tiedot opastuspaikoista kannattaa etsiä netistä.

- Tuo kuulostaakin hyvältä! totesi Henkka miettien samalla, miten Korvatunturilta pääsisi niitten opastajien luo, jos sattuisi tarvis vaatimaan.

- Miltä kuulostaa? Laitetaanko paketti kasaan?

- Kyllä me sitten tuommoinen paketti otetaan, sanoi Henkka Jimmylle ja haki katseellaan Reimalta tukea hankintapäätökselle.

- - - - -

Tuosta hankintamatkasta oli nyt kulunut reilu viikko. Reima oli häipynyt Korvatunturille paluun jälkeen lähestyvän joulun aiheuttamiin omiin kiirepuuhiinsa.

Reima oli vaan poistuessaan sanonut jatkossa pysyvänsä kaukana noista läppärivehkeistä.

Henkka oli heti palattuaan esitellyt laitteen Joulupukille. Pukki oli hämmästellyt laitteen pientä kokoa ja epäillyt hieman, sopiiko tuommoiseen paljoakaan tietoa. Hän oli kuitenkin evästänyt Henkkaa tutustumaan siihen.

- Selvitä mitä sillä tekee ja kerro sitten myöhemmin lisää! Aikaa on riittämiin! oli ollut Pukin tarkka ohje.

Ensimmäiset päivät olivat kuluneet kirjakaupasta hankittua kannettavan tietokoneen käyttöopasta tutkiessa. Siitä oli Henkäille jossain määrin auenneet läppärin perusteisiin liittyvät salat. Moni myyjä-Jimmyn puhuma asia oli valjennut ja kokonaisuus alkoi vähitellen avautua. Henkka totesi saapuneensa ihmeitten äärelle.

Lopulta ohjeisiin tutustumisen jälkeen Henkka oli asentanut laturin ja sen johdot työkammionsa pöydälle ja käynnistänyt läppärin. Laitteen sisältä kuuluneen suhinan, muutaman ok-napin painamisen ja työpöydän avautumisen jälkeen läppäri oli ollut käyttövalmis. Mukaan oli hankittu langaton hiiri, kirjoitin eli printteri ja reititin, jolla läppärin yhteys avautui ulkomaailman internettiin. Henkka oli saanut netinkin toimimaan ja päässyt jo päivän ajan surffailemaan maailman bittiviidakossa.

Nyt oli kuitenkin tullut eteen ongelma! Netti ei enää auennutkaan.

- Mikä turkasen kummastus on nyt sotkenut läppärin? Painoinko jotakin väärää nappia? Ruutu näyttää vaan mustaa eikä kone hurise. Mitä tälle pitäisi tehdä? tuskaili Henkka.

Hän muisti Jimmyn maininneen tieto-opastajat siellä etelässä. Pitäisiköhän sinne ottaa yhteyttä? Jospa siellä olisi Helsingissä joku tarkkailijatonttu, joka voisi käydä siltä Enteriltä kysymässä neuvoa.

- Onkohan Kake Kurkkija jo palannut tarkkailemaan Helsinkiin? Saisikohan Kakelle viestin Helsinkiin, että kysyisi tietolaiteopastuksesta, miksi pukinpajan uusi läppäri on pimeänä eikä suhise? kysyi Henkka päävalvojatonttu Riku Tarkkelilta.

- No jo tokkiinsa se onnistuu! Minäpä lähettelen viestiä Kakelle.

Kului vuorokausi, kunnes Kake Kurkkijan viesti tuotiin Henkalle. Viestissä luki "Tarkista ensin onko laturinjohto seinässä ja palaako laitteessa virran merkkivalo! Kysytään lisää, jos tarvitsee". Henkka häkeltyi ja tormasi läppäripöydän alle. Hän löi ohimennen polvensa kipeästi työtuolin jalkaan.

- Auts! Olinpa minä kömpelö, kun en muistanut laittaa tuota johtoa seinään. Siinähän se virta kulkee akkuun ja koneeseen. Oppaassahan sanottiin, että jos akku tyhjenee, laite sammuu! tupisi Henkka itsekseen kömpiessään pöydän alta istumaan työtuolille ja samalla hieroen polveaan.

Ja siinä samassa alkoi läppäri hurista ja avaukseen liittyvät käynnistyskuvat ilmestyivät näytölle.

- No niin, ja nyt Korvatunturi liittyi taas maailman verkkoihin! Ensi jouluna tehdäänkin hommia läppärillä, mutta sitä ennen täytyy harjoitella vinhasti ja tutkailla kunnolla, miten hommat uudella laitteella toimivat! Onneksi opettelin jo sitä Keemailin sähköistä postikirjettä! Taidankin lähettää sille Jimmylle jouluviestin! päätti Henkka ennen siirtymistään pukinpajan tuotantolinjalle hoitamaan omaa lahjahihnaansa.

HenkkaB <henkka.bittinen(at)korvatunturi.fi>

 ->jimmy.kasinen(at)verkotusoy.com

TERVE JIMMY!

KIITOS KUN AUTOIT MEITÄ LÄPPÄRIN OSTOSSA! POMOKIN TYKKÄSI! LÄPPÄRI PELAA HIENOSTI. EN VAIN OSAA VIELÄ PALJOAKAAN, MUTTA AION OPETELLA. KIITOS, KUN KERROIT OPASTUKSISTA! SE AUTTOI, KUN OLI YKSI ONGELMA. NYT LÄHDEN TÖIHIN, KUN POMO JO PATISTAA. JAKSAMISTA SIELLÄ JOULUKIIREISSÄ!

HYVÄÄ JOULUA JIMMY JA VÄLITÄ TOIVOTUKSET MYÖS MUILLE LÄPPÄRIN OSTAJILLE! JA MUISTA OLLA ITSEKIN KILTTINÄ!

TOIVOTTAAPI!

HENKKA BITTINEN

II

TALOUSKRIISI SAAVUTTAA PUKINPAJAN

1. Pukin huolestuminen

- Mitä hel… ei kun Helmi-tontun töppösten kautta on tapahtunut, karjaisi Joulupukki kauhistuneena ja pudotti häkeltyneenä Tunturin Tuotanto ja Talous-lehden eli TTT:n suoraan kammarin suunnattoman avotakan kidassa loimuavien liekkien syötäväksi.

- Ei kun kautta karvaisten töppösteni, lukuhan jäi kesken, hönkäisi Pukki ja heittäytyi saman tien satoja vuosia vanhan vartensa notkeudella takan eteen kontilleen pelastamaan lehteä ahnailta liekeiltä. Hän kauhoi takkapesää ja haparoi käsiinsä kulmastaan jo liekkien puraiseman painotuotteen.

Pukin epätoivoiselta näyttänyt lehden pelastaminen onnistui lopulta. Ainoastaan liitteenä olleet Suomutunturin hiihtokeskuksen mainossivut ehtivät kärähtää lopullisesti. Mitäpä siitä, jos omat kulmakarvat meinasivat palaa ja nutun hihansuun karvat hieman kärventyivät. Tärkeintä oli päästä tarkastelemaan vielä tarkemmin lehden kauhistuttavaa sisältöä.

Pukki levitti savunhajuisen lehden takaisin polvilleen. Hänellä ei käynyt edes tuuhean parran ja hopeanharmaan tukan takana mielessä, että Muorilta tuskin heruisi kiitosta lehden nokeamasta nutusta. Nyt olivat isommat asiat kyseessä! Hän palasi tutkimaan sivuja, jotka olivat aiheuttaneet kiivaan purkauksen.

- Mitä ihmettä tuolla tunturin takana on oikein tapahtunut? Viime vuodesta ovat osakkeiden kurssit romahtaneet pörssissä, ulkomailta tulevien matkailijoiden määrä laskenut räjähdysmäisesti ja työmarkkinatkin ovat aivan sekaisin. Ja maailmallakin soditaan ja paetaan ahdinkoa. Ja mikä on, kun saasteetkin aina vaan lisääntyvät? Pukki paneutui huolissaan lukemaan karmeita maailman tapahtumia, talousuutisia, osakkeiden kurssikehityksiä ja loppuvuoden kaupallisia ennusteita.

- Kyllä meinaa olla hieman hankalaa, kun aina joulun jälkeen pitää lepäillä kymmenkunta kuukautta. Siinä saattaa lepäillessä mennä joitain tärkeitä asioita ohitse. Mutta miksei taloustonttu Nipa Nummero ole saattanut minua heti ajan tasalle, kun palasin lomalta kammariin? Eikä marraskuun lopun Korvatunturin Sanomissakaan mainittu noista mitään. Ja olisihan kenttätonttujen pitänyt raportoida huonosta taloustilanteesta ainakin taloustontulle! Eli kyllä tietoa pajalla pitäisi olla! tupisi pukki itsekseen.

2. Taloustonttu tupella

- Nyt on heti saatava Nipalta tarkka raportti Suomen ja maailman tapahtumista. MISSÄ NIPA? JA HETI VIIVANA TÄNNE!!!!! karjui pukki sisäpuhelimeen. Kutsu olisi varmaan tavoittanut Nipa Nummeron ilman puhelintakin, oli Pukilla sen verran runsaasti paatosta kutsussaan.

Taloustonttu Nipa oli parhaillaan tutkimassa toivelis-
toja ja laskelmia, jotka perustuivat kenttätonttujen ik-
kunoiden takana tirkistellessään tekemiin havaintoi-
hin. Nipa oli itsekin jo pidempään pohtinut huolestu-
neena, mitenköhän itse Joulupukki mahtaisi suhtautua
kuullessaan tilanteesta. Tuotantolinjojen muutoksiin
eivät Nipan valtuudet yksin riittäneet. Ja niihin olisi
nyt varmaan tarvetta. Tarvittiin myös Pukin peukalon-
jälki, jotta tuotantoon voitaisiin tehdä isompia vimp-
pauksia. Nipalla ei juolahtanut edes mieleen, että muu-
tokset saattaisivat poikia toimia myös PTY:n eli Pak-
kaustonttujen Yhdistyksen puolelta.

Tilausten voimakkaasta laskusta Pukille kertominen
oli jäänyt, koska Korvatunturin sanonta 'Pukin pelko
on viisauden alku', oli äärimmäisen hyvä periaate.
Huolimatta leppoisan muhkeasta ja lämpimästä ole-
muksestaan, oli Pukki äärimmäisen tiukka talousmies.
'Ei riitä lahjoja maailman lapsille, jos Korvatunturin
talous ei ole tasapainossa!', oli yksi Pukin tiuhaan vil-
jelemiä viisauksia. Ja Pukki seurasi suorastaan pilkun-
tarkasti tuottolaskelmia. Joulun jälkeiset laskelmat oli-
vatkin Pukille suorastaan intohimo. Ja kautta Pukin
muhkean parran, jos luvuissa oli vikaa tai ne olivat ne-
gatiivisia, silloin kaiveltiin himmelin oljillakin selityk-
siä. Ei ole taloustontun osa helppo Korvatunturilla-
kaan!

Nipa arvasi jo Pukin äänensävystä, että nyt ei ole jou-
lun rusinapullat hyvin uunissa. Olisikohan Pukki jo-
tenkin haistanut kohta kulminaatiopisteensä saavutta-

vat ongelmat? Hän tarkasti asunsa ja sieppasi tilaus-
kansion kainaloonsa. Hän harppoi kahden kerroksen
portaat, joka toista askelmaa käyttäen, Pukin työkam-
mariin ja koputti poronsarvikolkuttimella hengästy-
neenä oveen.

- Se oli Pukki, kun kutsui, ja kuinkahan mahdan voida
olla mitenkään avuksi ylipäätään nytten? kysyi Nipa
hiki otsallaan huohottaen ja housunpunttien jo hie-
man tutistessa tulevaa odottaessa.

- Mitä turkasen pirhanaa on maailmalla tapahtunut,
kun lehdessä kerrottiin hurjia laskulukemia tunturi- ja
vaarayhtiöiden osakkeiden arvoista. Talvenvaarakin
oli painunut aivan anhittomiin. Eikö kumpumaastojen
yhtiöt enää tee tulosta vai mikä osakkaita kaihertaa? Ja
väkikään ei kuulu liikkuvan kaupoissa ja turistipai-
koissa kuin ennen. Miksei Lappi houkuttele enää tu-
risteja? Ja miksi kauppoja on lopetettu ja suljettu ja
hintoja halpuutetaan ja netistä ostellaan? Mikä on mei-
ninki ja miksi minua ei ole informoitu? Pukki suoras-
taan karjui kysymyksiään ja jatkoi paatoksella.

- Ja ihmiset seisovat ruokajonoissa eikä kukaan osta
mitään. Kaupat ammottavat tyhjyyttään, asiakkaat
ovat kadonneet ja on keksitty superhyperextravain-
sinulleostanytmaksamyöhemmin-alennusmyyntejä ja
tarjouksia. Tsockmani myy tavaratalojaan ja Ästiwan
ketjukin on myyty KOI-ryhmälle. Loppuuko maasta
kaupat? Eikö tieto enää kulje pukin kammariin

saakka? Kuka on syypää? MIKÄ MÄTTÄÄ? laukaisi Pukki sylki lentäen kysymyspatterin Nipalle.

3. Hikiset talousselitykset

Taloustonttu Nipa Nummero pudotti häkeltyneenä tilauslistansa lattialle. Ne levisivät pitkin Pukin kammarin liuskekivistä lattiaa ja osa leijaili jopa Pukin työpöydän alle. Nipalla valui otsalta hiki solkenaan uuden työnutun kauluksesta nutun sisään. Hän yritti rykäistä ikään kuin harhautukseksi, kun samalla ampaisi lattialle kauhomaan pudonneita papereitaan.

- Tuota, kun…, Nipan ääni sortui kohotessaan kimeänä falsettiin. Nipa yritti yskiä kurkkutorveaan auki entistä kiivaammin saadakseen ääneensä normaaliksi. - Niin, kun …! kuului uusi kimeä aloitus. Ääni ei vieläkään toiminut!

Nipa kahmi käsiinsä viimeiset paperit lattialta ja vääntäytyi takaisin isoon vierastuoliin Pukin pöydän ääreen. Nutun alla flanellipaita tuntui jo pesurätiltä kaikesta hiestä, jota valui nyt kaikista ihohuokosista. Mielessä pyörähti ajatus, että mitenköhän tästä selvitään? Onneksi Pukilla ei ole ryhmysauva tullut tänään mukaan! Ehkäpä Pukin kiivastuminen ei pääse ilman sauvaa ainakaan fyysisiin sfääreihin saakka.

- No sekö ei juttu ala sujua? Otahan tuosta mukillinen Muorin mainiota kuumaa variksenmarjaglögiä, niin josko se yskä siitä hieman hellittäisi! Pukki sanoi lep-

poisasti yrittäen keventää tunnelmaa ja kaataessaan si-
vupöydällä olleesta glögipannusta juomaa savimukiin.
Hän ojensi mukin taloustontulle, joka nappasi sen kä-
teensä kiitollisena myös hetken tuumaustauosta.

- Nyt on vuoden mittaan maailmantaloudessa tapah-
tunut … Suomeen ne ovat vaikuttaneet niin, että …
ja kun ammattiliitot eivät ole … sitten ihmisen ahneus
ja haluttomuus ymmärtää isoa kuvaa on … ei ole halua
osallistua talkoisiin … neuvottelut tilanteessa eivät ole
… maailmalla kauppasopimukset on … niin tässä ovat
ne pääasialliset syyt huonoon yleiseen taloustilantee-
seen, päätti Nipa lähes kolme tuntia kestäneen talous-
katsauksensa.

- No onpa, jopa on ja johan on sentään! Kautta tuu-
hean partani tuohan kuulostaa suorastaan isosti huo-
lestuttavalta ja mitä kaikkea siitä voikaan seurata? Mi-
ten tuo kaikki on nyt sitten vaikuttanut pajan omaan
tuotantoon, mitä meidän omat ennusteet kertovat ja
mikä mahtaa olla joulun kohtalo? kuului Pukin huo-
lestunut kysymys.

4. Viritystoimia tarvitaan

- Kenttäraporttien, tilauskannan sekä lahjatoiveiden
valossa laadittujen ennusteiden mukaan on selvää, että
oma tilauskantamme on rumasti kuvaten jopa melkoi-
sesti romahtanut. Ei niinkään lasten kirjeiden pohjalta,
mutta kenttätonttujen raporttien mukaan vanhempien

haluttomuus, ja ehkä ennemminkin taloudellinen kyvyttömyys toiveiden toteuttamiseen, vaikuttaa voimakkaasti omaan tuotantotarpeeseemme. Näyttää uhkaavasti siltä, että joudumme tekemään jotain muutoksia tuotantolinjoillemme, Nipa analysoi Pukille listoistaan, jotka hän oli saanut järjestykseen pitkän talouskatsauksensa aikana.

- Ei hel…, ei kun voihan Helmi-tontun toisenkin töppösen kautta! Miten tämä voi olla totta ja onko tilanteelle jotain tehtävissä? hönkäisi Pukki kysymään kaavailuja Korvatunturin numeronikkarilta, Pukin pajan talousgurulta.

- Olenhan minä hieman laskeskellut ja pohtinut ja analysoinut, millä tästä voitaisiin jotenkin selvitä! Me laitoimme talouspajalla tietojärjestelmän laulamaan ja arvioimme numeroiden sekä ennusteiden valossa, että Pukin pajan eri osastoilla on pakko alentaa tuotantoa, ettei koko tulos romahda täysin tuonne tunturin varjoisalle eli miinuspuolelle. Tosin toimet eri osastoilla vaativat eri tasoisia supistuksia ja jossain voidaan hieman jopa lisätä kaasuakin linjoihin, Nipa selitti laskelmiaan.

- No mitä tarkempia ajatuksia sieltä bittimaailman tuotoksista putkahti sitten esiin? kysäisi Pukki.

- Vaikuttaa siltä, että suurimmat supistukset pitäisi tehdä nukkepajoilla, puuautopajalla, suksipajalla ja vanhalla leikkikalupajalla. Lisäksi tilanne näyttää pahalta keittiökonepajalla. Leipäkoneet, paahtimet ja tavalliset kahvinkeittimet eivät herätä enää ihmisissä kiinnostusta. Saimme laskelmissa noille kaikille keskimäärin noin 30%:n tuotannon supistamistarpeen. Harmillisinta on, että noilla pajoilla työskentelee merkittävin osa tontuista. Niissä tuotteissa, kun on tuo käsityön osuus suurin. Hirvittää jo ajatuskin siitä, mitä liittoon kuuluvat tontut näistä supistuksista ajattelevat.

- Kuulostaa hurjalta noin suuret supistukset! Meidän pitää varmaan järjestää palaveri Glögikammarissa ja kutsua sinne mukaan TAK:n (Tonttujen Ammattiyhdistysten Keskusliitto) puheenjohtajatontut. Mutta meidän pitää mitä pikimmin miettiä ensin omalla porukalla sisäisesti kokonaistilanne ja supistusten vaikutukset muihin pajoihin ja tontturyhmiin ennen kuin kutsutaan TAK keskusteluun mukaan. Laitahan kutsut tuotantotonttu Ripa Kätevälle, kenttätonttujen päällikölle Kake Valppaalle ja logistiikkatonttu Lare Lastille. Ja sano Muorille, että varaa Glögikammariin meille viidelle kunnon palaverieväät! Meillä voi vierähtää tovi tuossa palaverissa! Lateli Pukki ohjeitaan, jotka Nipa kirjoitti sulkakynä sauhuten muistiin. Saatuaan Pukin ohjeet talteen, ponkaisi hän pääpajan portaikkoon ja kohti omaa työkammariaan. Nyt oli isot asiat kyseessä ja pelko hankaluuksista pajoilla suuri. Hän muisteli, ettei koko parisataa vuotisen talousuransa aikana ollut törmännyt vastaavaan tilanteeseen. Ulkomaailman uutiset lakoista ja muista työtaistelutoimenpiteistä olivat vastikään lehdistä luettuna hänellä vielä tuoreessa muistissa.

- Mahtaakohan meillä täällä Korvatunturilla aiheutua samanlaisia rettelöitä kuin tuolla lahjojensaajamaailmassa? Ja miten ne selvitetään, kun eihän meillä ole kuin yksi tavallaan työnantajapuolen edustaja, itse Joulupukki, Nipa pohti itsekseen. - Mutta eihän Pukki ole varsinaisesti työnantaja! Hänhän on meidän yli-isä, pomo, joka johtaa meitä ja huolehtii meidän satoja vuosia vanhojen tonttusukupolvien hyvinvoinnista. Ja eihän meiltä mitään ole koskaan puuttunut, eikä tule puuttumaankaan. Kellarikammioissahan on tallessa vuosisatojen kaikki tuotot ja niillähän eletään, vaikka kuinka pitkään! totesi taloustonttu itsekseen huojentuneena ja alkoi puuhata kutsuja huomisaamun palaveriin päällikkötontuille.

5. Supistuksiako toimintaan?

Muori oli aamulla viritellyt Glögikammariin, joka toimi Korvatunturin ylimpänä kokoustilana, kunnon tarjoilut. Suunnattoman harmaantuneen, tuppeen sahatuista lankuista valmistetun kokouspöydän keskelle oli kasattu mahtava määrä voileipiä, tuoreita pullia, useampi glögitermoskannu ja kivennäisvesipulloja.

Pukki oli yöllä tutkinut taloustontun raportteja ja pohtinut itsekseen ratkaisuja muuttuneeseen tilanteeseen. Hän oli lukenut lisää ulkomaailman lehtiä takan valossa ja tutkinut netistä maailman tilannetta. Niinpä, ei pukki ollut jäänyt jälkeen tietotekniikan kehityksestä vaan hetkellisesti ainoastaan uutisista.

Portaista kuului aamutuimaan töppösten tassutusta ja kutsuttujen tonttujen äänten sorinaa. Äänet kaikuivat vähitellen Glögikammarin etuhuoneessa ja ovelta kuului kolkutus. Pukki kutsui palaveriin saapuneet sisään.

- Istumaan, istumaan! opasti Pukki johtoryhmäänsä. Eihän ryhmä varsinaisesti ollut mikään johtoryhmä, vaan joukko senioritonttuja, joiden kautta Pukki helpoiten saattoi panna asioita hoitumaan. Heillä oli hommien hoitamiseen parhaat eväät ja paljon kokemusta, sillä he olivat tontuista iältään vanhimmat. Tämä ryhmä oli elänyt eniten jouluja ja kokenut Pukin pajan toimintaa. Heistä jokainen oli tehnyt kaikkea samaa, mitä jokainen tonttu joutui Korvatunturilla tekemään. He olivat kokeneet kaikki työvaiheet ja olleet myös kentällä tarkkailutöissä.

- Kröhömm ..., Pukki kakisteli kurkkuaan ja avasi palaverin mennen suoraan asiaan, te kaikki olette saaneet eilen käsiinne Nipan raportit lahjojen tuotantotarpeesta ja tilauskannasta. Olen suunnattoman huolestunut tilanteesta, josta Nipa minua eilen informoi. Nyt voisi jokainen Teistä kertoa oman sektorinsa tilanteesta lyhyesti! Josko Kake-tonttu aloittaa kertomalla kentän tilanteesta!

Kake Valpas, kenttätonttujen esimies, hyppäsi pystyyn ja siirtyi Glögikammarin nurkkaan pystytetyn joulukuusen luona olevan puhujapöntön taakse ja aloitti raporttinsa.

- Tarkkailijatonttujen raportit ovat olleet huolestuttavia jo jonkin aikaa. Tilanne alkoi heiketä jo viime vuonna. Nyt on ikkunoiden takaa ollut selvästi havaittavissa, että kotien rahatilanne on heikentynyt. Ihmisiä on paljon työttöminä ja joillain aloilla on ollut lakkoja, yrityksiä on lopetettu talousvaikeuksien takia ja työttömiä on tullut lisää. Väki ei olisi ollut halukasta lakkoilemaan, mutta siellä on liittopamput pakottaneet siihen. Joukkovoimaa on kuulemma haettu, ja sitten firmat ovat joutuneet lopettamaan, kun raha ei riitä aina vaan nouseviin palkkoihin ja myynti laskee, Kake raportoi kentän kuulumisia ja jatkoi.

- Hyväntekeväisyysyhdistykset ovat onneksi jakaneet ruokaa työttömille ja köyhille eläkeläisille. Mutta jo tästä voi päätellä, että kodeissa ei riitä raha enää mihinkään ylimääräiseen. Sitten on alkanut virrata tavaraa Posteljoonilaitoksen lakon päätyttyä mm. heidän pakettijakelun kautta joltain Alikapalta, Selloselta, Xanlanderilta ja joiltain muiltakin. Ne ovat niitä uusia tavaranjakelijoita. Nekin syövät meidän voimakassuolaisella kirnuvoilla voideltua herkullista rieskaleipää. Onneksi kaupoissa on ruokaa halpuutettu. Se on helpottanut ihmisiä ja antanut hieman parempia odotuksia meillekin! päätti Kake raporttinsa kentältä.

- Eli kilpailua on ilmaantunut! Ja jotkut jääräpäiset pamput pitävät kiinni omista tuoleistaan sekoittaen ihmisten toimeentulon, kun työpaikat ajetaan alta, Pukki veti ongelmavyyhtiä yhteen. - No mitäpä sanoo sitten Korvatunturin tavaranliikuttelumestari Lare-tonttu?

- Kun olen tutkaillut logistiikkapuolen tilannetta, niin voin todeta, että meillä on toimitusvarastossa tilaa ja tavara saadaan liikkumaan rekeen ja reellä heti, kun sen aika koittaa! Varastot ovat järjestyksessä ja porokanta on hyvässä kunnossa. Uusia poroja on koulutettu koko vuosi ja ne ovat valmiita joulun jakelumatkalle. Petteri teki hyvän työn esimerkillään. Porotarhan ylitonttu Kalle Kavio sai Petterin innostumaan ja siitähän ei tullut muuta kuin hyvää jälkeä! Poro se parhaiten poron kouluttaa! Ja meillä ei ole ollut toiminnan jarruongelmia, niin kuin ulkomaailmassa sen autoilijaliiton kanssa, joka sotkee kaikkien elämän! Eli logistiikassa on hommat meillä hoidossa ja värkit valmiina! logistiikkatonttu Lare Lasti päätti raporttinsa.

- No sitähän minäkin! Kyllä porot hoitavat aina hommansa ja Korvatunturin varastot ja kuljetukset pelaavat tilanteessa kuin tilanteessa! Pukki myhäili tyytyväisenä, kun ainakin yksi iso asia on kunnossa ja valmiina joulun koitoksiin.

- Pidetäänpä pientä paussintynkää ja siemaistaan kupposet kuumaa glögiä! Ottakaahan Muorin tekemiä suolasiikarieskaleipiä! Ja onhan siinä joulutorttujakin jo ennakkomaistelussa! Jatketaan sitten hetken kuluttua tuotannon tilanteella! Mutta minäpä käväisen pikkuisen ensin puuteroimassa muhkeaa nenääni. Tällä iällä sitä joutuukin puuteroimaan jo turhan usein. Nautiskelkaa sillä aikaa oikein reilusti pöydän antimista!

6. Yhteenvedon aika

- No johan helpotti! Pukki huokasi astuessaan palaverikammariin.

- Nyt jaksetaan taas jatkaa puhetöitä. Jäikö sinne yhtään siikarieskaa minulle? Hivautahan Kake leipäkoria tänne päin! No miten Ripalla tuotantopajoilla hommat pyörivät? Pukki jatkoi ja alkoi mutustella tarjottimelta nappaamaansa rieskaleipää.

Nipa-taloustonttu oli joutunut jo virkansakin puolesta seuraamaan ulkomaailman uutisia ja pohdiskeli itsekseen seurauksia, joita taloustilanne voisi Korvatunturille aiheuttaa. Nipa oli ollut jo tovin aikaa paniikissa ulkomaailman tiedotusvälineiden uutisista, eikä hermostuksissaan enää sillä hetkellä muistanut, että eiväthän ulkomaailman toimintatavat päde Korvatunturilla. Hän mietti vielä, että jos lahjatuotantoa joudutaan sopeuttamaan, niin ei kai tuotantoa sentään jouduta siirtämään esimerkiksi Aasiaan! Ja voisiko olla myös mahdollista, että Ruotsin Jultomten tai Norjan Julenisse ovat sotkeneet maailman joulumarkkinat?

Sitten Nipa oivalsi, että kyllähän maailman lapset tietävät, että on olemassa ainoastaan yksi oikea Joulupukki ja hän asuu Suomessa Korvatunturilla. Ja nuo talousjututkin ovat nykyään niin laajoja asioita, ettei niihin naapurimaitten tekopukit pysty vaikuttamaan.

Tuotantotonttu Ripa Kätevä oli jo hetkeä aiemmin siirtynyt puhujapönttöön ja oli täydessä vauhdissa raportoinnissaan.

- ... näyttää kohtuullisen hyvältä. Meillä alkaa olla varastoissa jo riittävä määrä vuoden mittaan kysynnässä esiin tulleita hittituotteita. Seurasimme Pukin viimevuotisten ohjeitten mukaan kysyntää pitkin vuotta. Supistimme tarpeen mukaan tuotantoa vähenevän kysynnän lahjatuotteissa. Talous-Nipan ennusteiden valossa olemme jo aika hyvin kartalla.

Nipa hätkähti kesken pohdintojensa!

- Mutta päätös tuotannon muutoksestahan piti tulla itse Pukilta! Miten Te olette pääpajalla muuttaneet tuotannon suuntia omin päin ja kysymättä Pukilta lupaa? Nipa Nummero paukkasi kysymään pelätessään Pukin hermostuvan tuotannon omapäisestä toiminnasta.

- Et tainnut kuulla sinne ryppyisen otsasi ja glögimukin taakse, että Pukki antoi ohjeet ja valtuudet jo viime sesongilla. Minusta Pukki on aina ajanhermolla ja ymmärtää, että kyllä tekijätkin osaavat nähdä muutostarpeet ja toteuttaa ne ihan itse. Ja osataanhan meillä pajoillakin lukea kenttätonttujen raportteja! Ripa hieman hikeentyi taloustontun kritiikistä.

- No malttakaahan, malttakaahan! Täällähän lentää keskustelut aivan kuin ulkomaailman yritysfirmoissa. Sielläkin taitaa aina olla kinaa talouspuolen ja tuotannon välillä. Mutta onneksi meillä ei tuommoiseen oikeasti sorruta! toppuutteli Pukki hieman vihjaillen kuuman keskustelun alkua.

- Onneksi meillä ei olla tilanteessa, että pitäisi lopettaa toiminta Korvatunturilla ja muuttaa pajat kaukomaille! Jos semmoiseen tilanteeseen jouduttaisiin, minunkin pitäisi jäädä eläkkeelle satoja vuosia kestäneeltä Joulupukin uraltani. Eihän semmoinen tulisi kuuloonkaan! Muori hutaisisi minua puurokauhalla päähän ja ajaisi pelkässä sisänutussa tunturiin, kuullessaan tuommoisesta puhuttavan edes leikillään. Siinä ei kyllä silloin pohdittaisi erorahoja tai muita korvauksia tai veroparatiiseihin muuttamisia, jota ne kuuluvat tekevän etelän suurissa yritysfirmoissa. Ja mitä siinä tapahtuisi koko Korvatunturin tonttujoukollekin, jos tuommoisiin juttuihin jouduttaisiin?

- No eihän me semmoista ..., kiirehtivät Nipa ja Ripa yhteen ääneen hillitsemään Pukin enempiä vertailuja ulkomaailman tapoihin.

Pukki huomasi toisten hätäännyksen ja jatkoi.

- No tulinpa taas tuossa puhuneeksi vähän höpöjä ääneen! Eihän Korvatunturia voi tietenkään ikinä lopettaa! Mitä ne maailman lapsetkin ja lapsenmieliset tuommoisesta tuumisivat! On maailmassa oltava jotain pysyvääkin ja ne ovat Joulupukki ja Korvatunturi!

- No sitähän mekin! koko senioritonttujen joukko säesti huojentuneina Pukin viimeisiä lauseita.

- Katsokaahan vielä keskenänne talouspajan ja tuotantopajojen lukuja yhdessä! Ja jos vielä tarvitsee tehdä viilauksia, niin saatte niihin täydet valtuudet. Ja Kake, kun tässä on vielä hetki aikaa kerätä kentältä tarkempaa tietoa, niin viritä tarkkailupuolen tontut herkille! Ja jos tulee uutta, järisyttävää tietoa, raportoi heti Ripalle tuotantoon muutostarpeet! Lare, Sinä saat alkaa virittelemään Petteriä joukkoineen reen eteen ja matkavalmiiksi! Taitaa olla viisainta varustautua oikein amfibiorekivälineillä. Maailmalla kuuluu kelit olevan suurin piirtein sekaisin! Ei tiedä sataako vai paistaako, ja jos sataa, niin sataako vettä, räntää vai lunta? Kaikkeen on syytä olla valmiina! Laita rekeen pari ylimääräistä säkkiä jäkälää poroille! lateli Pukki ohjeitaan.

- Ja Nipa, pyydä iltapäiväksi koolle Glögikammariin TAK:n (Tonttujen Ammattiyhdistysten Keskusliiton) puheenjohtaja sekä toimialayhdistysten puheenjohtajat! Ja vinkkaa Muorille, että kammariin tarvitaan lisää rieskaleipiä ja glögiä! Pukki päätti tyytyväisenä palaverin.

7. Tiedottaminen on tärkeässä osassa Korvatunturillakin

Pukin pajan käkikello oli lyönyt 14 lyöntiä, kun Glögikammarin pöydässä istui joukko Korvatunturin merkittävimpiä yhdistystonttuja. Joukko mutusteli Pukin muorin tekemiä rieskaleipiä suut muikeina ja siemaili aina välillä kuumaa glögiä mukeistaan. Pukki oli jo pitänyt palaverin avausseremoniat ja ilmoittanut, että jutut aloitetaan vasta kun on ensin nautittu pöydän antimista. Puheensorinakin kävi kovana mutustelun lomassa.

Kun näytti, että tonttuedusmiesten masut oli ravittu, Pukki avasi virallisen keskusteluosuuden.

- Päätimme senioritonttujen kanssa perinteiseen tapaan informoida Teitä tämän joulun lahjatilanteesta. Kerkesin tuossa itse jo melkein repiä housuistani peräsauman ompeleet, kun hätkähdin ulkomaailman huonoja talousuutisia ja pelkäsin niiden vaikutusta Korvatunturin lahjatuotantoon. Mutta hätähän ei ollutkaan meidän osaltamme sen näköinen, ei edes pieni ja pyöreä, vaan tilanne oli aivan toisen näköinen ja vieläpä kaikelta osin hallinnassa. Kyllä on Pukinpajan väki jälleen kerran hoitanut hommansa kiitettävällä tavalla ja pitänyt itsensä ja sormensa herkkinä ajan sykkivällä hermolla!

Paikalla olevat tonttujen ammattiryhmien edustajat oikein höristivät korviaan. Pukin puhehan kuulosti jopa asianosaisia ja heidän jäsenkuntaansa kehuvalta. Pukin puhetta olivat paikalla kuulemassa Pakkaustonttujen yhdistyksen, johon oli 30 vuotta aiemmin yhdistetty Tuotantotonttujen Toimialayhdistys ja Käärötyöntekijät, Valppaan eli kenttätonttujen järjestön ja RKT:n eli Rekikuljetustonttujen liiton puheenjohtajat. Tietenkin mukaan oli kutsuttu myös itseoikeutettuna pääjärjestön eli TAK:n eli Tonttujen Ammattiyhdistysten Keskusliiton puheenjohtaja.

- Muistuupa mieleeni, että oli se vaan melkoinen temppu kun 70 vuotta sitten järjestettiin koko tonttuyhteisö ammattiryhmiin! Onhan se ollut kaiken kaikkiaan hyvä, kun pystytään aina yhdessä sopimaan hommat ja ne sujuvat sitten hyvin. Tosin olisihan meillä sujuneet hommat ilman järjestäytymistäkin! Meillähän ei koskaan tarvi tapella niin kuin ulkomaailmassa tekevät. Meillä on tietenkin se iso etu, että kaikilla korvatunturilaisilla on aina järki päässä! Jokainen tietää, että ei tule lapsille joulua, jos ei yhdessä väännetä kampea. Siinä on meillä kaikilla iso vastuu kannettavana! Tosin eihän meillä ole ollut koskaan mitään sen kummoisempaa sovittavaa, kun hommat sujuvat muutenkin vastuuntuntoisesti ja ylpeydellä oman työn jäljestä. En vieläkään oikein ymmärrä, miksi nuo ulkomaailman työyhdistykset rettelöivät koko ajan? Eikö ne ymmärrä, että sahaavat omaa oksaansa ja sitten ei tule kaikille leipää? Pukki kertasi historiaa ja Korvatunturin tonttujen yhteistyön merkitystä.

TAK:n puheenjohtaja otti osakseen kertoa koko läsnäolevan tonttujärjestöjen puheenjohtajaköörin kannan yhteistyökuvioihin ja Pukin kertomaan.

- Arvoisa esimiehemme Joulupukki, se on näet niin, että meidän joukot ovat täyspäisiä tonttuja eikä mitään taikina-Nissejä. Kyllä se on tonttuaikojen alusta lähtien ollut selvää, että yhdessä tehdään ja aina tehdään hyvää jälkeä. Ei saa tulla sutta, ei lahjatavaroihin eikä poroaitauksiin! Ja näillä on menty ja tullaan aina menemään! Ja jutellaan porukalla, jos tarvii jostain erityisesti jutella! Näin on jämpti vai mitä pojat? puheenjohtaja Iiro Lysy päätti puheensa kääntyen vilkaisemaan muita puheenjohtajia. Nämä nyökyttelivät yksimielisyyttään innolla.

- On se vaan hyvä olla Pukkina kaalim... ei kun Korvatunturilla, kun hommat luistaa ja laadukasta jälkeä syntyy! Mutta eiköhän me lähdetä hommiin! Se on minulla pian taas pitkä keikka edessä. Välittäkää taas kaikille tontuille kiitokseni hienoista suorituksista tänäkin vuonna ja jouluun valmistautumisessa! Pidetään sitten perinteiset rääppiäiset eli vuoden kiitosbileet, kunhan palaan reissusta! Pukki päätti palaverin. Puheenjohtajat poistuivat Glögikammarista iloisesti keskenään soristen valmistautumaan vuoden tärkeimpiin hetkiin.

RAPORTTI

III

JOULUPUKIN KUNTO PUNTARISSA

1. Kalusteet koetuksella

Korvatunturilla vietettiin parhaillaan alkusyksyn rauhallisia hetkiä. Vain Pukinpajan lahjojen valmistuslinjoilla oli tavanomainen tuotanto käynnissä. Niin ja olivathan toki tarkkailijatontut kentällä keräämässä tietoja ihmisten käytöksestä tulevia joululahjoja varten. Siis olihan sitä sutinaa Joulupukin organisaatiossa, mutta Pukki itse ja Muori viettivät leppoisaa hiljaiseloa joulumyrskyn edellä.

- No, mitenkäs se on? sanaili muori painokkaasti Pukille.

- Niin, mikä on mitenkäs? heitti Pukki hajamielisenä vastakysymyksen Korvatunturin Sanomien takaa.

Oltiin Pukin kammiossa, jossa takkatuli loimotti kodikkaasti. Pukki istui tai suorastaan röhnötti uudessa, suuressa löhotuolissaan. Tuolin muhkeat selkänojan siivekkeet hipoivat Pukin runsasta partaa molemmilla puolilla poskia. Lapikkaansa Pukki oli nostanut tuolin edessä olevalle pehmeälle rahille, joka oli päällystetty samalla kankaalla kuin tuolikin. Kaluste oli uusinta Korvatunturin oman lahjapajan tuotantoa.

Pukilla oli aiemmin ollut käytössään toistasataa vuotta vanha oljilla pehmustettu samanmallinen tuoli, mutta kun sen olivat vallanneet hiiret, oli ollut aika vaihtaa tuoli uuteen. Eräänä aamuna oli nimittäin syntynyt melkoista vipinää.

- Ai ja auts! Mitä ihmeen pistelyä takamuksissani tuntuu? karjahti Pukki kiivaalla äänellä.

Muori petasi parhaillaan makuukammion puolella petaamassa petejä ja Pukki oli jo yksityiskammiossaan lukemassa Sanomia. Muori ryntäsi huudon yllättämänä hädissään ovelle.

- Mikä sinulla on hätänä, kun noin karjut?

- No, kun joku pisti pari kertaa takalistooni ja se sattui kipeästi! Oli kuin naskalilla olisi tökitty, hönkäisi Pukki housuntakamusta hieroen ja tähyillen tuoliaan. - Olisikohan jokin jousi lauennut melko uudesta ja niukin naukin sisään istutusta tuolista?

- Näytähän, sanoi Muori ja siirtyi tarkastelemaan tuolia nostaen tuolissa olevaa kapeaa tuoliräsymattoa. - Täällähän on isoja reikiä tuolissa ja pehmustematossa ja vieläpä elävä hiirikin seisoo selkänoja taitteessa! hönkäisi Muori yllättyneenä.

- Mikä hiiri? Missä? Ei kai tuolissa voi olla hiiri?

- No katso itse! Tuosta reiästä on hiiri noussut tuolille ja sieltähän näkyvät vielä toisenkin hiirulaisen viipottavat viiksikarvat. Ne taitavat asua tuolissasi.

- Eihän ne voi! Tuolihan on minun, enkä ole antanut kenellekään lupaa...

- Milloin tuo tuolikin on päässyt noin huonoon kuntoon? Siinähän on muutenkin isoja reikiä ja hiiretkin ovat muuttaneet siihen asumaan? Sitä paitsi tuolihan on jo ikäloppu muutenkin. Nyt se menee kyllä vaihtoon! ilmoitti Muori määrätietoisesti.

- Miksi sitä nyt hyvä tuoli pitäisi vaihtaa? Kyllä siinä pystyy vielä istumaan, kunhan hiiret vaan muuttavat muualle.

- Tuota risaista tuolia ei jätetä tähän tupaan, vaan se lähtee heti ja just' välittömästi. Minä soitan aputontut viemään sen hävitettäväksi.

Muori oli saman tien viestinyt tilanteesta kalustelahjaosastolle. Siellä oli kalustesuunnittelusta vastaava tonttu tovin tutkinut Pukin tuolin rakennetta ja Muorin esittämien toiveiden yksityiskohtia. Pukki kun on kansainvälinen hahmo, oli Muorin toiveena ollut käyttää tuolin päällysteenä jotain muuta kuin kotimaisen synkkää yksiväristä kangasta. Muori oli valinnut tuolin päällysteeksi punavihreän skottiruudullisen kankaan. Vanha tuoli oli ollut ruskeanmusta loppuun istuttu, tahrainen kapistus, ja se olikin joutunut vielä samana päivänä Korvatunturin lämmityskattilan kitaan. Hiiret oli ensin siirretty asustelemaan porotallin heinäkasaan.

- Tulihan tuosta aika riemunkirjavan värinen, mutta taisin nähdä tuommoisen kerran yhdessä olohuoneessa Englannissa, kun olin sielläpäin lahjojen jakoreissulla, pohdiskeli Pukki nähdessään tuolin ensimmäisen kerran.

- Eikös olekin hieno! Kyllä sinun tuossa kelpaa miettiä joulusuunnitelmia ja selata Korvatunturin Sanomia.

- Kai tuolla pärjää, vaikka olisihan se entinenkin välttänyt. Takapuolikin oli niin tottunut siihen.

2. Toivekorttien selaamista

Tontut olivat asentaneet Pukin kammion seinille lankoja ja niihin oli ripusteltu lasten lähettämiä kortteja. Korvatunturin saapuvan postin varasto oli jo kymmeniä vuosia sitten täyttynyt äärilleen lasten toiveita ja terveisiä Pukille. Varaston painetta oli yritetty helpottaa levittämällä värikkäimpiä kortteja eripuolille majoitus- ja oleskelutiloja. Siinä oli samalla saatu lisäväriä muuten tasaisen harmaisiin keloseiniin.

Tontuilla oli tapana tutkailla ja lukea niitä iltapuhteina toisilleen. Korttien kuvat kiehtoivat tonttujen mieliä, kun heistä ei monikaan päässyt matkoille tutustumaan maailman ihmeisiin. Ainoastaan tarkkailutyötä tekevät tontut saivat kiertää pitkin vuotta maailmalla.

Myös Pukki luki usein lasten viestejä. Hän oli erityisen kiinnostunut kaukaisista maista tulleista eksoottisista korteista. Niissä lahjatoiveet olivat, kauniisti sanoen, hieman ja jopa paljonkin hillitympiä kuin länsimaisten, yltäkylläisyyteen tottuneiden lasten toiveet. Jopa Pukkiakin hirvitti välillä länsimaiden lasten suorastaan överiksi menneet toiveet.

- Kyllä sitä rikkaittenkin perheiden pitäisi pysyä kohtuudessa, kun kaikille ei ole tarjolla sitä vähintäkään, huokaisi Pukki. - Onneksi pajalla saadaan tuotettua lähes kaikille jotain, edes pientäkin!

Pukin silmiin nousi oikein kyyneleet, kun hän muisteli, miten eilen illalla oli lukenut pienen Meratyttösen Ceylonin saarelta lähettämää korttia. Mera kirjoitti siinä toivovansa Joulupukilta 2-vuotiaalle pikkusiskolleen räsynukkea, kun tällä ei ollut vielä yhtään nukkea. Itselleen hän ei halunnut mitään, kun hän oli saanut jo parhaan lahjansa, pikkusiskon reilut pari vuotta sitten. Mera kirjoitti hoitavansa innolla pikkusiskoaan. Hän lauleskeli aina vauvalle ja kantoi pikkuista ympäri kylänraittia esitellen tälle paikkoja ja ihmisiä.

- Kylläpä voikin olla herttainen lapsi tämän kauniin palmukuvakortin lähettäjä, oli Pukki tuuminut.

Hän oli kiiruhtanut kortin luettuaan työpöytänsä ääreen ja piirustanut ripeästi muistiin, että Meralle itselleenkin pitää muistaa valita oikein kiva lahja ja pikkusiskolle hieno räsynukke.

3. Vaa'an kohtalo

- Onko se myssy taas valahtanut korville, kun ei puhe mene perille? heräsi Pukki ajatuksistaan Muorin tiukkasävyiseen tokaisuun. Hän oli jo ehtinyt unohtaa Muorin kysymyksen, kun oli jäänyt pohtimaan eilisillan havaintojaan joulukorteista.

- Ei ole, eikä minun myssy valu! tiuskaisi Pukki hieman liiankin kireällä sävyllä. - Mikä se on nyt taas hätänä?

- Niin, minä kysyin uudelleen, että mitenkäs se on?

- No, mikä sen pitäisi olla ja mitenkä muka?

- Etkös muista, kun pari kuukautta sitten juteltiin sinun kunnostasi? aloitti Muori.

- Kunto on hyvä ja semmoisena pysyy! Ja kunnolla ollaan aina! yritti Pukki lopettaa heti kättelyssä keskustelua, jonka suunnasta hänellä oli jo hienoinen aavistus.

Pukki muisteli, että tätä keskustelua oli käyty jo usean joulun alla. Tämänkertainen aloitus vaikutti vaan paljon intensiivisemmältä kuin edellisinä jouluina. Siihen täytyi olla syynä ne kuntolehdet, joita näytti olevan pino Muorin yöpöydällä makuukammiossa. Ja kerran oli Muorilla unohtunut omalle tietokoneelleen auki nettisivu, jossa oli jonkun kuntokeskuksen valkoisten laitevempeleiden kuvia. Olikohan niissä lukenut ikivanhoissa kertomuksissa esiintyneen Koljatin linkokaverin nimi, Taavetti, muisteli Pukki. Noilla asioilla on varmaan joku osuus tämän aamuiseen aloitukseen. Taitaa olla kohta edessä hikiset paikat!

- Silloin sovittiin, että aloitat hyvissä ajoin ennen joulua kuntokuurin. Joulu on reilun parin kuukauden kuluttua ja mahasi sen kun vain paisuu. Et sinä noin isolla mahallasi pääse enää savupiipuista läpi.

- Minä olenkin pohtinut, että ottaisin reissuun mukaan jonkun jakelutontun. Tämän tehtävänä olisi lahjojen toimittaminen joulukuusien alle ja lahjasukkiin takan reunoille. Se olisi muutenkin nuoren ja notkean tontun hommaa. Tuommoinen uusi virka myös työllistäisi lisää tonttuja. Minä voisin sillä aikaa pidätellä Petteri-poroa, muita vetoporoja ja rekeä paikoillaan. Samalla voin tutkailla seuraavia reitin osoitteita.

- Älä sinä kuule yritä venkoilla! Etkö muista, että itsekin menit hämmästyksestä mykkyrälle, kun vaa'asta lensi jousi partasi läpi kattoon ja sieltä se sinkoutui kylpyhuoneen peiliin, ja vaa'an muut osat levisivät pitkin lattioita?

- Joo, mutta tuommoistahan voi tapahtua kenelle vaan. Eikä tuo nyt niin paha juttu ollut. Se viisari nousi vaan ihan vähän yli asteikon. Olisikohan siinä ollut jokin pieni rakennevika? Juttelinkin jo silloin heti suunnittelupuolen kanssa, että asteikkoon pitäisi lisätä pari pykälää ja siirtää sitä stopparipiikkiä siinä asteikon yläpäässä.

- Se ei tuo ongelma ratkea sitä asteikkoa muuttamalla. Sait vielä peilinpalasta haavan jalkaasi!

Pukki oli saanut rikkoontuneesta peilistä lasinpalan suoraan paljaalle jalkaterälleen. Iso haava oli vuotanut runsaasti, mutta onneksi Muori oli tullut heti hätiin ja saanut hälytettyä hoitajatontun paikalle tyrehdyttämään verenvuodon. Pukki oli sitten kiikutettu Korvatunturin terveysasemalle saamaan tikit jalkaansa. Itse hän väheksyi tapahtunutta ja yritti kääntää edelleen keskustelua vaa'alle ja peilille sattuneeseen vahinkoon.

- Ei se nyt niin iso haava ollut ja olihan meillä vielä varastossa edellisen vuoden peilejäkin muutamia kappaleita. Eihän ne peilitkään iäisyyksiä kestä. Eikä siitä suurta vahinkoa vaa'allekaan tullut, kun se kasattiin pajalla uudelleen ja jousikin saatiin vielä paikoilleen. Nyt vaaka on melkein kuin uusi ja olen yrittänyt säästellä sitä, kun en ole noussut sen päälle aikoihin.

- Etkös sinä hiivatin joulu-ukko usko? Ei nyt ole kysymys vaa'asta vaan sinusta! alkoi Muori tuohtua. - Nyt on kyse sinusta ja sinun kunnostasi!

- Kyllä minun kuntoni kestää vertailun tässä ammattiryhmässä ja ikäluokassa. Ei tee heikkoakaan! Kysy keneltä vaan!

- No keneltä minä muka sitä kysyisin? Ja ammattiryhmä, muka! Eihän teikäläisiä ole muita koko maapallolla. Ja sitten ikäryhmä! Ukko on lähes neljäsataa vuotta iältään. Monestako edes lähelle tuon ikäisestä olet kuullut? Pakkasukkokin on lähes parisataa vuotta nuorempi.

- Niin, niin, mutta …!

- Vastaa, monestako? Eikä mitään muttia! Ukolla on tiedot jokaisesta maapallolla ja kansainvälisellä avaruusasemalla elävästä ihmisestä ja vieläkin vaan venkoilee.

- Mutta jos olisi saman ikäisiä, niin olisin varmaan paraskuntoisin koko porukasta, intti Pukki Muorille edelleen vastaan.

- Mutta, kun ei ole ja vaikka olisikin, et kyllä pärjäisi. Montako askelta pystyt ottamaan hengästymättä ja pääsetkö enää Pukinpajaankaan portaita pitkin? Ei taida onnistua kunnolla edes yhden kerroksen kipuaminen, saati kolmen.

- Joo, joo, mutta sen takiahan meillä onkin nykyään hissit olemassa. Ei niitä arvokkaita hissejä kannata tyhjänpanttina seisottaa. Ja juokseminen on porojen hommaa.

- Ja nyt suus rullalle ja kuuntelet! kiivastui Muori. - Tsop, tsop, nyt sumppeli umpeen ja korvat höröl- leen!

- No, mitä sitten muka? huokaisi Pukki nöyränä.

4. Nutulle hyvästit

Pukki tunsi kyllä Muorinsa, jonka kanssa venkoilu onnistui tiettyyn rajaan saakka, mutta sitten lopulta oli aina tupenrapinat tiedossa. Pukilla palasi mieleen, kun kerrankin tuli aivan lievää kiistaa työasun valinnasta. Hän oli aamulla aikonut pukeutua hyvään, jo muka- vaksi muokkaantuneeseen nuttuunsa, kun Muori sat- tui paikalle ja pisti sille tenän. Tämä oli pannut mer- kille jo jonkin aikaa sitten nutun huonon kunnon. Niinpä siinä aamusella oli päädytty käymään vilkasta ja jopa kiivastakin keskustelua nutun kyynärpäiden paikoista ja revenneistä kainaloista.

Pukki kertoi pitävänsä tuosta mukavasta, rennosta asusteesta, mutta Muori sanoi häpeävänsä sitä sydän- juuriaan myöten. Muorilla olivat palaneet proput ja hän oli saman tien kaivanut sakset Pukin työpöydän laatikosta. Sen jälkeen oli käynyt vartin verran melkoi- nen suihke ja ritinä, kun nuttu oli muuttunut sentin levyisiksi suikaleiksi. Ainoastaan nutun karvakaulus oli säästynyt armottomilta leikkuuvälineiltä.

- Se on nyt siinä ja siitä saadaan pajan kutomossa johonkin mattoon hyvät ainekset, tokaisi Muori viedessään sakset takaisin omalle paikalleen ompelukoriin.

Pukki oli seisonut yönutussaan makuukammion ovella ja seurannut tapahtunutta järkyttyneenä. Ajatukset pyörivät mielikuvissa, joissa hän istuisi lahjojen jakomatkalla reessä angoravillaisissa alusvaatteissaan. Mitä maailman lapsetkin sanoisivat luukkuhousuisesta kalsaripukista? Eihän heleänpunaiset alusvaatteet ollenkaan kuvanneet pukin isällistä ja leppoisaa olemusta. Ne viestisivät pikemminkin höpsähtäneestä ja muistinsa menettäneestä papparaisesta, joka oli unohtanut pukeutua matkaan lähtiessään. Ei siinä auttaisi muhkea parta, eikä hou-hou-huutelut luomaan uskoa lasten idolista, maailman odotetuimmasta henkilöstä. Ja kun kysyisi 'onko täällä kilttejä lapsia', saattaisi vastaukseksi pamahtaa rääväsuiselta nuoruutensa kynnyksellä olevalta natiaiselta 'ei ole kuin vähäpukeisia joulu-ukkoja'.

- Mitäs minä nyt panen päälleni? hönkäisi Pukki kysymään Muorilta.

- No maltahan hetki! toppuutteli Muori.

- Kyllä Joulupukilla pitää olla kunnon asu päällään, eihän lapset muuten tunnista, jos on pelkkä kalsaripukki liikkeellä, selvitti Pukki edelleen hölmistyneenä yllättävästä tilanteesta.

- No eihän tuommoista möhömahaista ukkoa voi päästää maailmalle pelkissä kalsareissa. Lahjaompelimoa on informoitu ja siellä on hoitanut jo asian kuntoon.

Muori oli ajoissa varautunut tilanteeseen mainitsematta Pukille asiasta mitään. Pukilta salaa oli Korvatunturin ompelimossa valmistettu uusi, upea nuttu. Se oli väriltään tummanpunainen ja varustettu hienolla turkiskauluksella. Isot, pyöreät napit kruunasivat nutun edustan. Mukaan, ns. pakettiin, kuului turkisvuorellinen tonttulakin muhkeampi versio.

Muori haki makuukammion vaatekaapista esille nuo uudet asusteet. Oli lähellä, ettei Pukilta päässyt leveä hymy nähdessään uudet, hienot vaatekappaleet. Hän sai kuitenkin pinnistetyksi kasvoilleen myrtyneen ilmeen osoittamaan, että häntä oli asusteasiassa ikävällä tavalla sorrettu. Vaikka vanha asu oli ollut pehmeä, mukava ja vartalon mukaan muotoutunut, näytti uusi asu tosi hienolta. Mutta Muorille ei saanut näyttää tyytyväisyyttään liiaksi, ettei tämä olisi vaan tullut liian itserakkaaksi ja entistä enemmän määräileväksi.

- No jopas on! pääsi kuitenkin Pukilta hetken pyöriteltyään asua käsissään ja ryhdyttyä vetämään sitä päälleen.

- Mikä ihme sinun päässäsi taas pyörii? Missä ne ajatukset taas harhailevat? Alahan kuunnella, kun puhutaan kunnon asiaa! keskeytti Muori Pukin muistelot nuttuepisodista.

5. Kuntokomento

- No mikä se Muorin mieltä painaa? kysäisi Pukki muina miehinä ikään kuin keskustelu olisi sujunut aivan normaalissa järjestyksessä.

- Sinun mahasi minun mieltäni painaa! Jotain on tehtävä sinun kunnollesi, ja pian!

- No tehdään, tehdään! Johan tässä on rupateltukin, eikö voitaisi käydä syömässä vaikka pieni välipala ja tultaisiin sitten takaisin juttelemaan tähän takan ääreen?

- Nyt ei kuule mennä mihinkään välipaloille, vaan puhutaan tässä ja nyt!

- No puhutaan, puhutaan! Mistä me puhuttaisiin?

Nyt liikuttiin aivan siinä rajalla, että Muori polttaa lopullisesti proppunsa. Siinä sivussa meinasi palaa myös nutun hihat, hänen samanaikaisesti lisätessään takkaan pari puunkalikkaa. Paino palamisessa oli kuitenkin enemmän proppujen puolella, ja syynä siihen oli jälleen kerran Pukin venkoilu keskustelussa.

- Varasin sinulle kahden viikon kuntokuurin Kohotunturille kuntokeskukseen. Heillä on siellä huippulaitteet, toimivat jopa sinunkin kehoosikin. Saat vähän lihaksia vetreimmiksi, ja jospa vaikka painokin tippuisi hieman siinä sivussa!

- Joutaako tästä nyt, kun on meneillään kiihkein valmistautuminen jouluun? Minullakin pitää aivan mahdotonta kiireen suihketta, saa pää hiessä painaa päivät pitkät hommia.

- Älä sinä selitä, sillä tontuthan ne hoitavat valmistelut niin kuin ovat tehneet jo satojen vuosien ajan. Sinähän vaan istuskelet kaiken päivää takan ääressä, siemailet glögia ja paisutat mahaasi lehden takana.

- On se vaan Joulupukinkin tärkeää pysyä tietoisena maailman menosta, ja ajattelutyöhän se vasta tärkeää onkin.

Nyt Muorin kuppi kaatui lopulta nurin! Pukki ehti hädin tuskin väistää päätään kohti lentävän kudelankakorin, jonka Muori oli kiivastuksissaan tempaissut lentoon tuolinsa vierestä. Kori lensi suoraan takan eteen Pukin onnekseen ehdittyä väistää sen. Pari lankakerää vierähti avoimeen takan kitaan ja syttyi heti risten palamaan. Nyt oli Muorin mitta todellakin täysi. Poskipäille nousi syvä puna ja silmät iskivät tulta.

- Ja sinähän lähdet matkaan ja heti tältä istumalta!

- No, no, älä, älä! yritti Pukki varovasti hillitä Muoria. Eihän tässä ole mitään hätää eikä kiirettä.

- Suus kiinni ja nyt heti! Nuttu niskaan ja liikkeelle!

- Lähdenhän minä, lähden toki. Missä se nuttu nyt taas olikaan?

- Porotallin tontut valjastavat porot ja laittavat rekesi matkakuntoon. Sinä menet Kohotunturille ja tulet sitten uutena Pukkina parin viikon kuluttua kotiin Korvatunturille, saneli Muori ohjeitaan nopeasti lauhtuneena.

Pukki oli tosissaan säikähtänyt Muorin poikkeuksellisen kiivasta räjähtämistä. Tuollaista ei Pukki ollut nähnyt tapahtuvan kymmeniin vuosiin. Nyt ei enää auttanut tuppuroida vastaan, vaan oli parasta näytellä nöyrää ukkoa ja toteltava kiltisti. Siinä sivussa vilahti mieleen, että tämmöistä se varmaan oli, kun äiti komentaa täydellisen tottelematonta lastaan.

6. Kadonnutta kuntoa etsimässä

Tilanne oli lähtenyt rullaamaan salamana noiden kiivauksien jälkeen. Matkareki, Petteri-poron johdolla, oli lennättänyt Pukin hetkessä Kohotunturille ja laskeutunut suoraan kuntokeskuksen pääoven eteen. Pukki oli hiiviskellyt ujoin askelin ovesta sisään ja ilmoittautunut tiskillä. Rekitonttu oli pudottanut Muorin pakkaaman kuntoiluvarusterepun tiskin eteen. Ja sitten olikin joulu-ukkoa viety.

Ensin oli katsottu majoitustilat ja sitten etsitty kuntoiluasusteet. Se ei ollutkaan aivan helppo juttu, sillä Pukin vyötärönmitat vaativat poikkeuksellisen suuren asun. Sellainen löytyi kuitenkin lopulta.

- No, voihan hyvät hyssykät sentään! Jopas on melkoinen bodi. Ehkä Muorin puheissa oli sittenkin jotain perää, tuumi Pukki katsoessaan kuntosaliasuun viritettyä olemustaan kokovartalopeilistä.

Pukki oli päässyt kuntovalmentaja Hilli Notkolan ohjaukseen. Hilli oli Pukin mittakaavassa suorastaan hento ja nuori tyttö, jolta ei olisi uskonut löytyvän neuvoja ja ohjeita Pukin muhkean olemuksen kuntouttamiseen. Käsitys tuosta hentoudesta kuitenkin muuttui nopeasti, kun alettiin tositoimiin.

Hilli näytti ensin vaivattomasti liikkeet ja antoi ohjeet laitteiden käyttämiseen. Pukki yritti suorittaa toimintoja mallin mukaan, mutta huomasi, että kuntoliikkeet vaativat melkoisesti enemmän, kuin mihin hänellä riitti potentiaalia. Ensimmäisen viikon jälkeen Pukin kunnioitus Hillin suunnatonta energisyyttä ja jaksamista kohtaan nousi sfääreihin.

- Mahdatko sinä tehdä jonkun tempun näille laitteille, kun ne ovat minun käsissäni suunnattoman raskaat ja sinä teet kaiken niin kevyesti? kysäisi Pukki eräänä päivänä, kun tuntui, että seuraavaksi hänelle koittaa loppu.

- Samat painot ja asetukset ne ovat meille molemmille, mutta minä nyt olen harjoitellut näillä useita vuosia ja kuntokin saattaa olla aavistuksen parempi kuin Pukilla, selitti Hilli hieman vaivautuneena. - Mutta kyllä me saadaan Pukillekin jaksamista ja voimaa tasaisella harjoittelulla.

- Tuota sitä vaan voi toivoa, mutta raskasta tämä kyllä on.

- Sitkeydellä ja huolella tässä kroppa ja jaksaminen kehittyvät. Siinä samalla kilotkin karisevat aivan huomaamatta.

7. Virkaveljen tapaaminen

Pukki oli nähnyt vilahdukselta Pakkasukonkin huhkivan hiki päässä käsipainojen kanssa salin toisessa päässä.

- On sitä näemmä muitakin huippukuntoisia salilla, oli Pukki tokaissut puoliääneen itsekseen ja painanut prässipenkissä viimeistä sarjaa. - Pitäisiköhän haastaa itänaapurin ukko kuntomatolle juoksukisaan?

Joulupukki ja Pakkasukko olivatkin sitten tavanneet eräänä iltana vihersmoothiet käsissään kuntokeskuksen oleskeluhuoneessa takan äärellä.

- No terve, terve! huikkasi Pukki Pakkasukolle heittäytyessään isoon nojatuoliin. - Mikä se sinut on tänne saanut?

- Priviet sinullekin! vastasi Pakkasukko. - No Pakkasmuorihan se määräsi muka kuntoa kohentamaan.

- Sittenhän meillä on samanlaiset motiivit kuntoilulle!

- Niinpä taitaa olla, jos sinutkin on Muori määrännyt tänne hikoilemaan, totesi Pakkasukko.

- Muorihan se esitti lähtöä vähän lomailemaan. Ei minulla olisi ollut juurikaan tarvetta, mutta lähdin Muorin mieliksi, kun tämä oli maksanut tänne parin viikon kuntoilupaketin.

- Kyllä meillä oli Pakkamuorin kanssa tulikivenkatkuiset keskustelut tänne lähdöstä. Olin muka rapistunut kunnoltani, vaikka kuntoni on oikeasti rautainen.

- Kyllä meilläkin oli Korvatunturilla Muorin kanssa hieman puhetta kuntoasioista, mutta Muori sanoi, että mene vaan, jos kiireiltäsi joudat, eikä mene maksettu kuntopaketti hukkaan. Niinpä minä lähdin, ettei maksettu homma mene haaskuuseen. Muorinkin mielestä minulla on lähes nuoren tontun kunto.

Ukkoparin jutut olivat jatkuneet samantasoisena. Kumpikaan ei ollut erityisen halukas myöntämään heikkoa kuntoaan, mutta kuntokeskuksen ohjelma työskenteli ukkojen tietämättä heidän hyväkseen. Tuloksia vain saatiin hetki odottaa, kun lähtötilanne ei ollut erityisen mairitteleva kummankaan kohdalla.

8. Paluu Korvatunturille

Pari viikkoa oli vierähtänyt kuntokeskuksessa kuin siivillä. Hiki oli valunut Pukilla noroina kaiken päivää. Iltaisin ei tarvinnut enää houkutella unta silmiin, kuten kotona makuukammiossa. Kehon kunto kohosi aivan silmissä ja vaa'alle nouseminen oli jo ensimmäisen viikon jälkeen suorastaan juhlaa. Ei tarvinnut vaaka enää asteikon lisäämistä, eikä viisari ei yltänyt lähellekään stopparipuikkoa. Oli ollut mistä pudottaa painoa, ja teho-ohjauksessa se olikin pudonnut reipasta vauhtia. Joinakin iltoina oli vielä vaihdettu Pakkasukon kanssa smoothie lasin äärellä kokemuksia lahjareissuiltakin. Monena iltana oli käyty sitten ammattiveljien keskeistä kokemustenvaihtoa ja vaihdettu lahjanjakomatkoihin liittyviä vinkkejä.

- - - - -

- Kuka ihmeen hoikka poika se sieltä reestä nousee? Nyt ei ole Pukki kotona, joten tule vaan rauhassa peremmälle, mennään peremmälle! kuiskasi Muori Pukinpajan pihalla ääntään madaltaen.

- Mitä sinä oikein meinaat? Minähän se täältä tulen ja kenet muka olisit vienyt Pukinkammariin? kysäisi Pukki närkästyneenä.

- No, enhän minä, kun leikilläni yritin kiusata sinua! hihitteli Muori. - Mutta oletpas sinä komea nyt, kun olet kovasti hoikistunut! Posketkin ovat miltei lommolla.

- Kyllä minun on nyt pakko tunnustaa, että jo pelkkä kaksi viikkoa kuntoilua oli äärettömän tehokasta. Ja se keskuksen Hilli oli varsinainen huippuammattilainen. Laittoi minut mahdottoman lujille.

- Mitä minä sanoin sinulle, ja sinä kun vielä ven-
koilit lähtöä vastaan!

- Painokin tippui useita kiloja ja vyötärö kapeni oi-
kein kunnolla. Kun nousin siellä keskukselta lähtiessä
rekeen, meinasivat housut pudota, kun olivat niin
löystyneet mahan kohdalta.

- Nyt se onkin helppo sujahtaa lahjasäkin kanssa
savupiippuunkin, kun ei ole enää iso maha tiellä!

*Lopulta koitti jouluaatto ja Joulupukin reki oli lastattu
täyteen lahjoja maailman lapsille. Koko Korvatunturin väki oli
iloinnut hoikentuneen Pukin selvästi piristynyttä olemusta ja
vahvaa jaksamista joulun valmisteluissa. Rekiporoja johtava
Petteri-porokin iloitsi kevyemmästä isännästään.*

- Tempaisehan Petteri reki liikkeelle, niin viedään
maailman lapsille lahjat! huikkasi Pukki johtoporol-
leen.

IV

HIPSU TARKKAILUKEIKALLA

Oli jälleen se aika vuodesta! Toki olihan homma hoidettava, mutta kyllä oli lokoisan oleskelun keskeyttäminen joka vuosi melkoista tuskaa. Menneet kevään, kesän ja alkusyksyn kuukaudet olivat olleet tarkkailijatonttujen majoitustiloissa kovin huoletonta aikaa. Tiloihin läheisesti liittyvät pelihuoneet, elokuvasali, lepohuoneet ja jopa glögibaaritilat olivat olleet vilkkaassa käytössä. Olipa tontuille rakennettu keväällä oikein kuntosalikin, jossa innokkaimmat tontut saivat äheltää hullun lailla hikeään valuttamassa. Sitä ei tarkkailijatonttu Hipsu Rento ymmärtänyt! Miksi pitää höyrytä pää märkänä, vaikka voi löhötä oikein luvan kanssa. Saahan sitä liikuntaa sitten syksyllä Pukin määräämillä tarkkailumatkoillakin.

Hipsun koko nimi oli Hipsu Isaskar Rento. Hän kuului Korvatunturin Tarkkailu-, valvonta- ja Vartiointiosasto TAVAUKSEN tarkkailijatonttuihin. Hänen tehtäviinsä kuului maailmalla syksyinen kiltteyden tarkkailu, jossa varmistettiin mitä joululahjoja kukin ihminen ansaitsee. Joulupukki arvosti suunnattomasti tarkkailuraporttien antamaa informaatiota.

Hipsu tykkäsi vapaa-aikanaan köllötellä elokuvasalin löhötuoleissa ja vaihtaa kokemuksia kavereitten kanssa reissuista. Ja siellä kyllä kuulikin villejä kertomuksia! No, tulihan sitä joskus pistäydyttyä baaritiloissakin glögiä nauttimassa! Siellä sai puhua meheviä juttuja isoon ääneen. Siellä vaan oli se ongelma, ettei oikein kukaan joutanut kuuntelemaan, kun kaikki kertoivat kilvan omia innostuksen värittämiä juttujaan.

Hipsu riemuitsi suunnattomasti myös tekniikan kovasta kehitysvauhdista. Kaikki mikä helpotti olemista ja tekemistä oli nannaa! Mielessä olivat monesti ne ajat, jolloin tarkkailutiedot piti välittää syyskylmillä kadunvarren puhelinkioskeista. Kyllä oli tuskaa etsiä sopivaa koppia, josta pystyi hoitamaan monituntisen raportoinnin. Ja jos sattui vielä olemaan kovempi pakkanen, niin kyllä punainen, paksuhko Korvatunturin virkapukukin meinasi olla aivan liian vilakka asu semmoisiin olosuhteisiin.

Nyt kännyköiden aikakaudella oli tilanne paljon parempi. Raportin saattoi sanella reaaliaikaisena. Tiedot siirtyivät suoraan Korvatunturin tietojärjestelmään ja sieltä kunkin tarkkailtavan ihmisen henkilökohtaiseen tiedostoon. Järjestelmä piti huolen, ettei jakeluosastolta lähtenyt Joulupukin lahjasäkkiin mitään saajalle ansiotonta joululahjaa.

Viime aikoina oli ollut puhetta tonttukammareissa, että tietoja alettaisiin kerätä myös kännykän videokameralla. Siinäpä olisikin Pukilla katseltavaa. Salat tulisivat pilkulleen esiin ja taltioiduksi tietojärjestelmään. Eikä Pukillakaan olisi syytä epäillä raportin sisältöä. Siinä olisi lahjansaajan turha päivitellä mitätöntä lahjaansa, kun perusteena oleva todistusaineisto olisi kaivettavissa esiin milloin tahansa.

Korvatunturin sisäinen tarkastus oli aina joskus pukin määräyksestä kyseenalaistanut joitakin raportteja, mutta kuva kertoi enemmän kuin tarkkailijatontun tuhat sanaa. Pukilla olikin yleensä herkkä nenä vilunkihommien suhteen.

Kyllä videon avulla menisi viesti lopultakin perille esimerkiksi siitä Kaivopuiston hurjasta Reinostakin, joka ulkoisesti käyttäytyi perin moitteettomasti, mutta kun silmä vältti ja verhot peittivät koti-ikkunat, niin sittenpä vasta villi elämä alkoi. Tuo 60-vuotias yritysjohtaja hörppi kotonaan usein oikein viinijuomia, kiroili ja räyhäsi perheelleen. Olipa erään tarkkailukäynnin aikana hujauttanut rouvansa Tyyne-tädiltään saaneen upean kukkavaasinkin keskelle olohuoneen seinää. Sirujahan siitä oli syntynyt ja reikä levyseinään. Ja tietenkin itku sekä poru.

Pukki suvaitsi joka vuosi epäillä tarkkailijatonttujen Reinosta antamaa raporttia, sillä eihän julkisuudessa jatkuvasti hymyillen esiintyvä kunnia-arvoisa johtaja voinut mitenkään elää raportin mukaisella tavalla. Niin herkkä ja ystävällinen mies, joka lahjoitti runsaasti rahaa hyväntekeväisyydellekin. Olipa tämä jopa käynyt viemässä lahjoja lastensairaalallekin. Mutta tonttuporukassa oli pohdittu, että miten kääntää Pukin pää? Jos vaikka saisi sisäisen tarkastuksen tontun mukaan, niin ehkä sitten uskottaisiin! Hipsun reviirille ei ollut tuo johtaja Reino vielä koskaan sattunut.

Viikko sitten oli ollut tarkkailijatontuille käskynjako ja tarkkailualueet oli jaettu kaikille. Hipsulle oli kuin olikin sattunut yhdeksi alueeksi juuri tuo Reino-johtajan asuttama Kaivopuisto. Hipsu pohti matkaan varustautuessaan, että mitenkähän tuon miehen saisi oikein käräytettyä niin, että Pukkikin uskoisi. Hipsu päätti, että tänä jouluna ei tuo kaksinaamainen öykkäri selviäisi tempuistaan.

Matka Helsingin Kaivopuistoon sujui sukkelaan kuljetusosaston reessä. Hipsu laskeutui reestä köysitikkailla Reinon taloa vastapäätä sijaitsevan suurlähetystön muurille istumaan. Muurilta oli suora näkymä Reinon asunnon ikkunoihin, joita taas kerran verhot peittivät. Oli lauantai-ilta ja jouluun oli aikaa vielä kolme viikkoa. Hipsua hieman häiritsivät muuriin päälle asetetut piikit, joiden tarkoitus oli estää tunkeilijoiden pääsy lähetystön alueelle. Onneksi kuitenkin tontun virkahousuihin kuului paksusta nahkasta tehty takalisto-osa, jotta istuminen sujui tilanteessa kuin tilanteessa ja alustalla kuin alustalla.

Tarkkailuosaston varastosta Hipsu oli saanut mukaansa kiikarin, jolla pystyi katsomaan verhojen ja jopa helsinkiläisten ns. kanankakkaseinienkin läpi. Kuuntelulaitteilla pystyi kuuntelemaan seinien läpi jopa 60 metrin päästä. Kännykkä istui tukevasti tonttuasun rintataskussa ja kuulokkeen johto kiemurteli kaulahuivin välistä myssyn alle korvaan. Tänä vuonna vaan tuntui, että varustepuolella eivät tainneet tajuta kuinka lämmintä etelässä oli vielä joulukuun alussa. Hipsu tunsi kuinka hikinorot vaeltelivat pitkin selkää paksun tonttunutun alla. Mutta eipä tässä auttanut itku markkinoilla tai oikeammin murehtiminen tarkkailutyössä! Hommiin oli vaan ryhdyttävä!

Hipsu kaivoi välineet esiin yli sata vuotta vanhasta nahkaisesta olkalaukustaan. Kiikareiden tarkentaminen oli helppo juttu. Ensinäkymä toi kuvaan nuoren perheen istumassa iltapalalla keittiön pöydän ääressä. Lapset olivat jo nauttineet ruokansa ja kiittivät kiltisti vanhempiaan. Hipsu häkeltyi, etteihän tuo ollut Reinon perhe, sillä Reinohan oli keittiössä näkyvää perheenisää paljon vanhempi ja tukevampi. Hipsun oli pakko kaivaa laukustaan esiin kotikartta ja siitä hän havaitsi katsovansa kolme ikkunaa liikaa oikealle. Nuoriperhe oli Milkulaiset. Heidän osaltaan tarkkailu oli jo hoidettu viikkoa aiemmin toisen tontun toimesta. Hipsu nousi kyykkyasennostaan, siirtyi muuria myöten varovasti kymmenkunta metriä Olympiaterminaalin suuntaan ja tarkensi kiikarinsa udelleen.

Kello oli jo yli iltayhdeksän. No nyt löytyi oikea ikkuna. Nimittäin sen takana olikin menossa oikein varsinainen älämölö. Hurjistuneessa tilassa oleva Reino mongersi komentoja vaimolleen, joka itki olohuoneen sohvalla ja yritti soperrella anteeksipyyntöjään riehuvalle miehelleen. Onneksi perheen jo aikuiset lapset asuivat muualla omissa kodeissaan. Hipsu sieppasi kännykän, viritti siihen kameramoodin, asetti kännykän vasten kiikarin linssiä, tähtäsi ikkunaan ja painoi nauhoitusnappia. Korvassaan olevan toisen kuulokkeen hän painoi vasten kännykän puheenvastaanottoaukkoa. Toisessa korvanapissa kuului edelleen älämölö ja yhtäkkiä kova kirkaisu. Rouvalle oli varmaan tapahtunut jotain pahaa.

Hipsu tunsi ahdistusta rinnassaan. Mitä hänen pitäisi tehdä? Poliisi pitää saada paikalle, välähti heti Hipsun mieleen.

Hälytyskeskuksessa puhelin hälytti ja päivystäjä vastasi:

- Hälytyskeskus! Kuinka voin auttaa?

- Täällä puhuu tarkk... ! Hipsu huomasi heti virheensä, sillä eihän hän voi kertoa varsinaista ammattiaan ja olevansa tonttu. Eihän sitä hälytyskeskus uskoisi ja aikaa menisi vaan selittelyyn. Salamana hän korjasi tilanteen ja aloitti uudelleen.

- Täällä puhuu H Rento. Osoitteessa Tehtailijankatu 234 tapahtuu hirveitä. Lähettäkää poliisi heti paikalle! Hipsu huusi puhelimeen ja sulki sen saman tien.

Hälytyskeskuksen valvoja välitti mikrofoniinsa viestin poliisille ja partio ampaisi matkaan. Valvoja oli hieman ihmeissään, kun soittaja oli sulkenut puhelimensa niin nopeasti. Mutta sitten valvoja vasta todella häkeltyi, kun hän huomasi tietojärjestelmästään, että soittajan numeroa vastaava puhelinliittymä kuului Joulupukille ja osoite oli Pajatie 1, Korvatunturi. Valvoja mietti, että pitäisikö hänen ilmoittaa tästä poliisille. Hän päätteli kuitenkin pitkän työvuoron rasittaneen itseään ja katsoneensa numeron väärin.

Hipsu tempaisi kameran irti kiikarista ja nosti kiikarin silmilleen. Samalla kuului poliisiauton sireenin ujellus ja Tehtailijankatua myöten näkyi kiitävän sinivalkoinen auto hälytyssireeni ujeltaen. Hipsu tarkensi katseensa tarkkailukohteensa ikkunaan. Rouva seisoi järkyttyneen näköisenä salin ruokapöydällä ja kirkui edelleen. Isäntä ravasi pitkin seinänvieriä harjan kanssa. Hipsu mietti, että mitenkäs tuo homma oli siivoamiseksi muuttunut näin yllättäen. Lattialla näkyi särkyneen viinilasin sirpaleita. Nyt joutui tarkkailijatontun älynystyrät tiukoille. Mitä oli tapahtunut ja mitä oli juuri nyt meneillään? Mikä oli selitys harjalle?

Poliisi oli ennättänyt talon ulko-ovelle samalla kun ulko-ovesta työntyi ulos turkkiin pukeutunut rouva Käräinen cockerspanielinsa kanssa. Hän oli selvästikin menossa koiran pissitysretkelle. Poliisi puhutti rouvaa ja sai kuulla hänen arvionsa, mistä asunnosta hälytyksen aihe oli lähtöisin. Poliisit säntäsivät rappukäytävään ja rouva jatkoi matkaa koiransa kanssa kohti puistoa. Hetkeen ei tapahtunut mitään, kunnes Hipsu näki kiikaristaan, että nyt toinen poliiseista konttasi pitkin Reinon olohuoneen lattiaa, Reino huitoi ympäriinsä harjalla ja rouva kirkui edelleen pöydällä. Hipsu käänteli kiikariaan puolelta toiselle yrittäen nähdä mitä erikoista olohuoneessa oli tapahtumassa. Siinä samassa linsseihin osui pikkuruinen siimahäntä, Henry Hiiri, joka myös asui saman talon kellarissa. Henry oli ilmeisesti lähtenyt myös viikonloppukävelylle talon rakenteisiin ja eksynyt Reinon asuntoon olohuoneen lattialistan raosta.

Henry pääsi lattialistaan jyrsimälleen reiälle ja pujahti siitä sukkelaan seinärakenteen suojiin.

- Olisi pitänyt uskoa isää, kun se aina sanoi, ettei tuohon asuntoon pidä mennä! Siellä on kuulemma aivan liian rauhatonta hiiripojalle ja tottapa tuo tuntui olevan. Että oikein poliisinkin kutsuivat minua hätistelemään! Läähätti Henry itsekseen ja lähti kipittämään väliseinän runkopuuta myöten kohti pesäänsä.

Hälyttävä tilanne oli rauhoittunut ja palattiin taas normaaliin tai oikeammin Reinon asunnon normaaliin iltarutiiniin. Reinon rähinä ja rellestäminen oli taas alkanut poliisin ja Henry Hiiren poistuttua asunnosta. Reinon rouva kuului tuskailevan ahdistuneena miehensä toimista.

Hipsu mietti ongelmaa ja sille ratkaisua. Tarkkailijatontullehan ei ollut sallittua puuttua näkemiinsä tilanteisiin, vaan ainoastaan raportoida näkemästään. Mutta Hipsusta Reinon rouvan ahdistusta ja kärsimystä pitäisi jotenkin keventää. Samalla hän muisti saaneensa Peikkometsästä pienen pussukan rohtoa.

Hipsu oli kesällä käynyt Järvipään Peikkometsässä Korvatunturin väen kesäretkellä. Siellä oli sammalmättäillä sankassa kuusimetsässä istuen kuunneltu luentoja peikkometsän elämästä ja peikkojen hommista. Samalla oli myös ideoitu tonttujen ja peikkojen mahdollisia yhteistyökuvioita. Joku nuori helsinkiläinen konsultti oli vetänyt joukolle ideariihtä. Hipsu oli iltatilaisuuden aikana ystävystynyt Kilu-peikon kanssa. Tämä oli antanut pienen muovipussin Hipsulle ja kertonut korvaan kuiskaten sen vaikutuksista.

Koska tarkkailijatontuilla oli pääsy mihin vaan, päätti Hipsu tehdä pikavisiitin sisälle Reinon asuntoon ja käyttää tuota saamaansa ainetta. Varusteensa Hipsu jätti muurinharjalle ja hipsi nopeasti kadun poikki taloon. Reino ja rouva olivat asettuneet olohuoneeseen ja Reino pistäytyi välillä keittiössä siemaisemassa juomaansa. Hipsu pääsi huomaamatta hiipimään keittiöön ja havaitsi pullon pöydällä. Hän sirotteli ainetta muutaman hitusen Reinon avoimeen viinipulloon. Kyseessä näytti olevan aitoa Moselin tuotetta. Palattuaan tarkkailupaikalleen muurinharjalle Hipsu nosti jälleen kiikarin silmilleen ja ryhtyi seuraamaan tapahtumia.

Reino saapuikin pullolle ja lorautti aimo siivun juomaa puhtaaseen lasiin, jonka hän oli poliisien poistuttua ottanut särkyneen lasin tilalle. Rouva siivosi sirpaleita olohuoneen puolella. Mies nosti lasin huulilleen, siemaisi aikamoisen suullisen ja nielaisi juoman makustellen nautinnollisesti vanhaa rypälemehua.

Tuskin oli mielihyvän pirskahdus saavuttanut johtaja Reinon aivonystyrät, kun vatsahermot viestittivät päinvastaista. Keskivartalon tienoilla alkoi tuntua julmia orastavia myrskyn merkkejä. Tuskin olisi television sääprofeettakaan ehtinyt kertoa riittävän nopeasti myrskyrintaman saapumisesta, kun Reino säntäsi vessaa kohti. Hyvä, että kerkesi kunnolla oven avaamaan, mies säntäsi ovenraosta sisään.

Pikkuisesta nautintojen huoneesta, joka oli kuukautta aiemmin remontoitu ja laatoitettu hienoilla italialaisilla, valkoisilla muotilaatoilla, kuului myrskyisiä mörähdyksiä. Jopa siellä nyt posliini vaikeroikin! Ähinä, puhina, tuhina ja pauke olivat vallan sietämättömiä. Selvästikin Hipsun ankara käsi tai oikeammin peikoilta saadun pussukan taika-aine opasti Reinoa uudelle, terveemmän elämän tielle.

Mies pikkulassa pohti väänteissään, että mitä hän oli päivän mittaan syönyt ja mikähän tämän olotilan oli aiheuttanut. Lopputulema pohdinnalle oli kuitenkin se, että kunhan kapina on ohi, ei ole sellaista hätää, etteikö lasillinen 12-vuotiasta jalojuomaa korjaisi jälkiä.

Harmaan ja olemukseltaan merkittävästi muuttuneen miehen hoiputtua keittiöön, hän etsi kaapista ruskeaa juomaa sisältävän pullon ja pullean lasin. Hän nosti lasin kuivuneille huulilleen. Ensi siemaisun jälkeen palattiin kuitenkin taas aitajuoksijan sanoin lähtökuoppiin. Vessan ovi paukahti vauhdilla kiinni Reinon perässä, ja sama hetkeä aiemmin koettu möyre alkoi uudelleen ja jälleen oli vaikeaa.

 Hipsu katsoi silmät ymmyrkäisinä tapahtumaa muurin päältä todeten itsekseen, että kylläpä olikin Kilulla oivat aineet. Hipsua alkoi tilanne naurattaa niin, että hän pudota muksahti muurin laelta lähetystön tuuheaan pihapuskaan. Samalla syttyi pihalle valonheittimet ja nurmikkoa pitkin syöksyi kaksi julmannäköistä susikoiraa kohti puskaa, jossa Hipsu yritti nopeasti päästä jaloilleen. Nyt tuli kiire, vaikka toki hän tiesi, etteivät koirat häntä näe, mutta sittenkin oli syytä kavuta muurin päälle ja sukkelaan. Hipsu aavisteli, koirien aistien olevan sen verran tarkat, että terävien hampaitten haukkaus saattaa vahingossa osua ja sitten ei ole enää mukavaa.

Hipsu arveli tarkkailuhomman tulleen hoidetuksi loppuun ja kilautti kuljetusosastolle tilatakseen paluukuljetuksen takaisin Korvatunturille. Hänestä tuntui, että tämän öinen tarkkailutehtävä oli varsin hyvin hoidettu.

Päästyään takaisin Korvatunturille ja tarkkailuosastolle Hipsu pohti itsekseen raporttinsa sisältöä. Hän ei nimittäin vielä ollut ehtinyt jättää sitä. Nyt oli olemassa riittävä määrä aineistoa Reinon kohtalon naulaamiseen ainakin joululahjojen osalta. Sillä käytöksellä ei kyllä Pukilta lahjoja Reinolle heruisi. Toisaalta Kilun aineella oli Reino saatu järkytetyksi kotielämän tasapainosta. Hipsu päätti tallettaa illan reissulta kokoamansa aineiston omaan pöytälaatikkoonsa. Olihan Kilu kertonut, että aineen ja voimajuomien yhteisvaikutus kestäisi ihmisellä elämän loppuun saakka.

Raporttiinsa Hipsu kirjoitti vain ”Reinon kotona Tehtailijankadulla kaikki hyvin!”.

V

JUUSO TONTUN MAUSTEET

Oli jälleen kerran pikkujouluaika ja Korvatunturillakin vietettiin tätä prejoulujuhlaa. Pukki oli antanut jo elokuussa järjestelytoimistolle ohjeet Korvatunturin pikkujoulujuhlan organisoimiseksi. Pääosin toki noudatettiin samaa kaavaa kuin aiempinakin vuosina, mutta nyt oli tarkoitus ottaa mukaan uusi ohjelmanumero. Siitä oli tarkoitus tehdä perinne. Järjestelytoimiston päällikkö tonttu Mappinen oli hönkäissyt kauhuissaan pukin ohjeita lukiessaan.

Eihän vanhoihin perinteisiin voi mitään uutta sotkea. Perinteethän ovat olleet käytössä jo satoja vuosia. Perinteethän ovat kaiken elämän perusta.

- Mitä ihmettä Pukki on oikein keksinyt? oli Mappinen pohtinut.

Pukki oli saanut tietoonsa järjestelypäällikön epäilyt, napannut puhelimen käteensä ja soittanut tälle.

- Älä Sinä Mappinen huoli, vaan varaa siihen johonkin joulupuuron jatkeeksi puolisen tuntia aikaa pienelle seremonialle!

- No, tarvitaanko siihen jotain muutakin aineistoa mukaan ja kuka hoitaa sen ohjelman? kaipasi Mappinen täsmennyksiä toimeksiantoon.

- No, varaa vaikka muutama kimppu kuurankukkia ja neljä pientä pakettia sieltä erikoislahjojen varastosta!

Eikäpä tuo haittaa, vaikka Tonttulan torviseitsikko kiillottaisi puhaltimensa ja herkistäisi huulensa muutamaan fanfaariin, Joulupukki evästi vielä ja poistui toimistosta jatkamaan omia puuhiaan.

Tonttulassa vaikutti muuan nuori tonttu Juuso nimeltään. Juuso oli vasta 110 vuotta iältään ja hänen korvantaustansa olivat vielä aikamoisen märät. Juuso oli luonteeltaan poikkeuksellisen avulias ja innokas ryhtymään toimeen kuin toimeen. Hänen jonkinasteiseksi ongelmakseen oli vaan muodostunut mahdoton sählääminen. Innostuksissaan hän ei oikein muistanut ryhtyä hommaan huolella, vaan hän suorastaan säntäsi enempiä pohtimatta suoraan toimeen. Niinpä siitä monesti, ellei lähes joka kerta, tuli vahinkoa ja vaurioita. Toisinaan enemmän ja joskus jopa vähemmän, mutta taatusti tuli kuitenkin. Siis vaurioita ja vahinkoa.

Joulupukin henkilöstöosasto oli kirjannut omiin rekistereihinsä niin Juuson kuin muunkin henkilökunnan tehtävät ja menestymisen niissä. Keskivertotontulla oli rekisterissä 3-5 sivua CV:tä mutta Juuson CV sisälsi peräti 27 sivua tiivistä tekstiä. Teksti ei sisältänyt montakaan lausetta perinteisen CV:n tekstiä, vaan sisältö oli enemmänkin Juuson tekosten ja niiden seurausten kuvauksia.

Ensimmäinen työtehtäviä koskeva merkintä oli 64 vuoden takaa, joka oli Korvatunturin mittakaavassa eli ajanlaskussa suhteellisen vastikään. Juuso oli aloittanut tonttu-uransa keittiössä aputonttuna.

- Otahan Juuso tuosta hyllyltä sokerisäkki ja lisää siitä taikinaan 6 tasapääkauhallista ja sekoitakin sitten kunnolla, emäntätonttu Sanni Köökinen oli ohjeistanut Juusoa.

Juuso oli tehnyt työtä käskettyä niin kuin Tonttulan koulussa oli käytöskouluttajatonttu Tapanisen johdolla kuuliaisuutta opetettu. Jos ei tonttu Tapanisen opeilla oppinut käyttäytymään, niin johan oli kumma. Tosin kaikki olivat oppineet, joten kukaan ei osannut sanoa, mitä se kumma oikein oli. Juuson tapauksessa vaan olisi pitänyt panostaa opettamaan tehtävään valmistautumista, mutta se oli kuulunut työnohjauskurssille, jota veti tonttu Keino Opas. Tonttu Keino ei ollut niitä kaikkein tehokkaimpia koulutustyössään, joten ei Juusonkaan tarvinnut kovin ponnistella Keinon kurssilla. Jälkeenpäin ajatellen oli syytä kuitenkin ihmetellä, mitenkähän Juuso oli läpäissyt nuokin kurssit.

Aputontun uran alkuun oli heti liittynyt vahinko, joka voitiin lukea katastrofiluokkaan eli magnitudiasteikolla olisi puhuttu jo lähes 8:n tasosta.

- Kuka kutvaleen kutvale on leiponut nämä kevätpullat? Joulupukin ääni kajahti juhlapöydän yli. - Tässä ei ole juurikaan suolaa säästelty.

Oli meneillään eläketonttujen kevätjuhla ja istuttiin kahvipöydässä. Tätä perinnettä oli pidetty yllä jo yli kolmesataa vuotta. Kutsuttuina tilaisuudessa olivat yli sata vuotta täyttäneet tontut. Ja läsnä oli itseoikeutettuna myös tarjoiluista vastaava emäntätonttu Sanni.

- Mitä, mitä suolaa? Missä suolaa? Sanni häkeltyi samalla kun puraisi pullastaan.

Sekunnin tuhannesosassa valkeni yli 200 vuoden kokemuksen omaavalle emännälle mistä oli kysymys.

- Juuson kutvale! Missä Sinä olet? kaikui emäntätontun kimakka ääni pitkin Korvatunturin saleja ja käytäviä. Pukkikin pudotti pullansa kahvikuppiinsa niin, että kahvinroiskeita lensi pöydälle. Porotkin höristelivät aitauksessa korviaan kuultuaan tämän tiukan karjaisun.

No seurauksena tuosta tapauksesta oli ollut Juuson siirto uusiin tehtäviin. Ei ollut auttanut selittää, että suola- ja sokerisäkit olivat olleet hyllyn alla lattialla vierekkäin ja molempien säkkien kyljissä sanat alkoivat ässällä. Emäntätonttu Sanni oli ravistanut Juusoa korvasta oikein olan takaa.

Tuon tapauksen jälkeen Juuso oli saanut kokeilla moniaita tehtäviä. Oli ollut teatteria lavasteiden kaatumisineen, rekihuollon hommissa liukuaineen sekoittuminen luistonestoaineeseen, lahjojen pakkaamista umpisolmuineen, porojen ruokkimista suolisolmuineen, lumenpudotusta pakkaamon katolta jalkakipseineen jne. Monta hommaa oli Juusolla ollut ja yhtä monta epäonnistumista. Juuso oli ottanut epäonnensa huumorilla ja huokaillut mielessään Tonttulan johtajaopettajan sanoja "Kyllä jokaiselle tontulle on olemassa roolinsa ja jokaista tonttua tarvitaan Korvatunturilla".

Nyt vaan oli masennuksen pienen pieni hitu kaihertanut Juuson mieltä jo jonkin aikaa. Ei onneksi sen kauempaa kuin vasta parikymmentä vuotta. Juuso ei enää juurikaan lauleskellut ja epäonnistumisen jälkeen hän käveli aina paikalta pois pää painuksissa.

Juusoa oli pyritty kouluttamaan monenlaisiin töihin, mutta siitä ei oikein meinannut tulla mitään. Vaihto-ehdot alkoivat huveta ja kouluttajatonttu Peda Koki-lakin alkoi olla epätoivoinen. Hän oli viestittänyt pulmasta itse Joulupukillekin. Pukki oli välittömästi huolestunut ja laittanut älynystyränsä töihin. Aikansa mietittyään oli hän keksinyt mielestään oivan ratkaisun Juuson masennuksen korjaamiseksi.

Ratkaisu Juuson pulmaan hoidettaisiin prejoulujuhlassa. Kesken kiireimmän joulun valmistelun hiljennyttiin Korvatunturin omaan henkilökuntajuhlaan, jota muualla kutsuttiin pikkujouluksi. Juhlat olivat edenneet jo joulupuuroon. Viimeiset tontut kaapivat lautasilta puulusikoillaan vihoviimeisiä riisipuuron rippeitä ja makustelivat kanelisokerin makua huulillaan. Salissa kuului vielä melkoinen maiskutus. Mantelin löytäjää oli juhlittu jo aikaa sitten. Manteli oli sattunut pakkaajatonttu Minttu Näppärälle. Joulupukki oli ojentanut hänelle hienon suklaarasian palkinnoksi.

- Hyvä Korvatunturin väki! Joulupukin tumma ääni kajahti läpi salin. Tänä vuonna aloitamme uuden perinteen ja sen on erityisestä kyvykkyydestä palkitseminen.

Salin läpi kuului kohahdus. Väki kuiski "Mikä perinne? Ei kait sitä voi uutta ...? Mitä kyvykkyyttä? ..."

- Vaikka me kaikki olemme tasa-arvoisia eikä ketään ole tarkoitus nostaa toisten yläpuolelle, on kuitenkin aina joku, joka tekee jotain semmoista, mihin kaikki eivät pysty tai huomaa ryhtyä, Joulupukki jatkoi hämmästelyistä välittämättä. - Olen päättänyt palkita 4 urheaa tonttua. Kolme palkitaan pelastustoimiin ryhtymisestä valvontamatkalla. Ensimmäiseksi tonttu Rivakka pelasti pienen lapsen putoamasta ikkunasta, toiseksi tonttu Lapikas pelasti pienen pojan joutumasta auton alle ja kolmanneksi tonttu Kerkevä johdatti eläkeläisten bussin liukkaalla tiellä varovasti ojaan ja esti törmäämisen tukkirekkaan. Kiitän kaikkia nopeasta toiminnasta ja esimerkillisestä tonttutyöstä. Lisäksi kukaan ei heistä paljastunut ihmisille pelastustoimissaan. Tarkemmat selostukset tapahtumista voitte lukea Korvatunturin Sanomista joulun jälkeen.

- Mutta neljähän piti palkita? kuului kuiskinta tonttujoukosta. - Kuka on se neljäs?

- Neljäntenä haluan palkita tonttu Juuson, joka on sinnikkäästi nuoresta iästään huolimatta tutustunut Korvatunturin ja Pukinpajan lähes kaikkiin työtehtäviin. Hän on huolimatta hitusen hienoisesta epäonnestaan sitkeästi opiskellut eri hommia ja iloisena puurtanut ja auttanut aina innokkaasti muita. Antakaamme Juusolle isot taputukset ja kaikkien kiitokset! Tästedes tonttu Juuso voi kantaa SMILE-nappia nuttunsa rintamuksessa.

Juuso oli pudota tuoliltaan kuullessaan Pukin mainitsevan hänen nimensä. Hän oli syönyt masentuneena kohtalostaan syönyt puuroaan ja kuunnellut urheudesta palkitsemisia. Päässä pyöri vain ajatus, että häntä ei kyllä ikinä tulla palkitsemaan tuommoisesta.

- No, tulehan Juuso tänne eteen, niin kiinnitän nuttusi rintaan tämän merkin!

Juuso kumarteli riemussaan tonttusalin edessä ja nappasi Joulupukin kädestä kiinni kiittääkseen tätä huomionosoituksesta. Samassa hän kompastui mikrofoninjalustaan ja puristaen tiukasti pukin kädestä veti tämän mukanaan korokkeelta alas permannolle. Korokkeen edessä ollut pöytä kaatui ja pukki sai väskynäsoppakulhon sisällön parralleen.

- Tässä näimme jälleen tonttu Juuson touhuissaan, lausahti pukki kädessään pysyneeseen mikrofoniin kampeutuessaan Juuson kanssa ylös lattialta parta soppaa valuen.

Ja iloinen naurun remakka täytti koko Pukinpajan juhlasalin.

VI

TONTTU TOHELON KOLAUS

- Voi ei! Taas mahdoton kiire! Joka vuosi, uudelleen ja uudelleen saa mennä pää kolmantena jalkana! mutisi tonttu Tohelo itsekseen juostessaan Joulupukinpajan eteisestä kohti ulko-ovea.

- Ja sitten äkäiseen ovi kiinni! karjaisi vartijatonttu Haukansilmä harmaassa vartijan univormussaan valvontapisteestään monitoriensa ääreltä. Ulkona on ainakin sata astetta pakkasta. Koko Pukinpaja jäätyy muuten!

- Joo, joo! huusi Tohelo taakseen vilkaisten samalla kun juoksi kuistille ulos ja läimäytti oven takanaan kiinni.

Katse vielä sulkeutuvassa ovessa Tohelon ohimo saavutti vauhdilla kuistin pylvään. Kolaus oli niin kova, että Tohelo menetti hetkeksi tajunsa. Mutta tavallaan vielä pahempaa oli ajankohdan huomioiden se, että tärähdyksen seurauksena Pukinpajan katolta alkoi vyöryä alkutalven aikana sataneet lumet kuistin eteen. Lunta tuli ja tuli ja vieläkin vaan tuli. Pukinpajan katto oli nimittäin niin iso, että lunta tuli ainakin yhden pienen tunturin verran portaan eteen.

- Mikä on tuo jyrinä? karjui ovelle rynnännyt vartijatonttu. Tohelo? Tohelo? Mitä ihmettä olet nyt taas mennyt tekemään? Nouse ylös!

Tonttu Tohelo makasi kuistilla punaisessa nutussaan ja pää aivan pyörällään. Onneksi tonttulakki oli vaimentanut pylväsosuman pahimman terän. Haukansilmä ravisteli Toheloa saadakseen tämän takaisin Korvatunturille niistä sfääreistä, mihin kolaus oli tämän johdattanut.

- Missä minä olen? Missä ovat porot? Petteri-poro! Tule Tohelon luo niin laitetaan valjaat! houri tonttu pöllyssä tuijottaen sumuisilla silmillään ja kurkotellessaan käsiään kohti vartijatontun harmaata nuttua.

- Mitä ihmettä Sinä siinä solkkaat? Porothan ovat vielä tallin luona aitauksessaan.

- Minun pitää valjastaa porot. Pukki lähtee kohta lahjakeikalle ja porot pitää tuoda portaan eteen lastausta varten.

Vartijatonttu vilkaisi talleja kohti ja silloin paukahti hänen päähänsä karmea totuus! Oven edusta on tukossa ja aikaa ei ollut juuri ollenkaan pukin matkaan saattamiseksi. Nyt oli kiire ja paniikki päällä! Voi hävityksen kauhistus ja kauhistuksen kanahäkki!

- Lumihälytys! Lumihälytys! Ja hoitajatonttu pajan etukuistille heti! karjaisi Haukansilmä käsipuhelimeensa.

Hetkessä pöllähti kuistille asentoon seisomaan lumihälytysryhmä, viisi tonttua lapioidensa kanssa. Myös hoitajatonttu Neulanenkin ilmestyi tuossa tuokiossa ovesta kuistille.

- Voi, voi! Taasko se on sattunut tonttu Tohelolle tapaturma! henkäisi hoitajatonttu nähdessään potilaansa makaamassa kuistin rappujen vieressä ja jatkoi, Niitä tuntuu sattuvan tälle tontulle aivan liian usein. Pitäisiköhän nuo hommat ottaa hieman rauhallisemmin!

Hän kumartui tutkimaan Tohelon otsaa, kaivoi laukustaan sidetarpeet ja alkoi viipymättä kääriä pään ympärille pitkää harsosidettä.

- Lumitontut! Te avaatte portaan edustan pukin poroille! Minä menen antamaan pukille tilanneraportin. Neulanen vie Tohelon sairastuvalle! jakeli Haukansilmä käskyjään ja poistui kuistilta harppoen pitkin askelin harmaissa huopikkaissaan.

Lumitontut heittivät siniset luminuttunsa kuistin penkille ja aloittivat hikisen urakkansa. Näytti kuitenkin siltä, että katolta pudonnut lumi oli pakkautunut niin tiukkaan, ettei siihen olisi purreet tavalliset lapiot. Eikä purreet myöskään Pukinpajan erikoiskovat lapiot. Ylilumitonttu Kinos otti pikapuhelun vartijatontulle ja selitti tilanteen.

Tonttu Tohelo oli päässyt melkein heti tarkastuksen jälkeen sairastuvalta. Hoitajatonttu oli määrännyt hänet lievän aivotärähdyksen takia makuukammioon lepäämään. Vartijatonttu yhytti kuitenkin Tohelon hortoilemasta päämäärättömästi Joulupukin kammion ulkopuolelta.

- Mitä Tohelo tällä kertaa etsii? tivasi vartijatonttu oudosti käyttäytyvältä tontulta.

- Mitä minä... tuota... etsin... en minä oikein tiedä?

- Minne sinä olet matkalla ja mikä side tuossa päässä on?

- Side? Mikä side? soperteli Tohelo edelleen. Ei minulla ole sidettä missään.

- Sinulla on side kiedottuna pääsi ympärillä, joten sinulla on päässä jotain vikaa, tivasi vartijatonttu.

Hermostuneena tilanteesta, vartijatonttu pysäytti Tohelon ja komensi mukaansa. Samalla hän otti yhteyden vartijoiden päällikköön Kake Valppaaseen ja sai kuulla tonttu Toholelle sattuneesta. Päälliköllä oli jo tieto, että potilas oli määrätty lepoon ja määräsi vartijatontun saattamaan Tohelon omaan makuukammioonsa.

- - - - -

Tilanne Pajan edustalla oli katastrofaalinen, sillä Pukin lähtöaikaan lahjojen jakoon oli aikaa alle kaksi tuntia ja tiedossa oli, että maailman lapset odottivat innokkaina joululahjojaan. Miljoonat pienet kyynärpäät lepäsivät ikkunalaudoilla, kun lapset kurkottivat nenäänsä ikkunaruutuun yrittäessään nähdä vilauksen Joulupukista kiitämässä porojen vetämällä reellään taivaalla. Kuusten juurille oli tehty tilaa lahjoille ja takan reunoissa riippuvat lahjasukat oli avattu valmiiksi. Nyt tuo odotus oli saamassa tonttu Tohelon takia ikävää takapakkia. Nyt olivat todella hyvät neuvot tarpeen!

Iso joukko kuormaajatonttuja odotti edelleen pääpajan etuhallissa vuoroaan. Lahjareen lastauksen olisi pitänyt alkaa jo aikaa sitten. Kaikki tiesivät, että aikatauluista on pidettävä kiinni, sillä nyt ole Se ilta, jolloin kaikkialla odotellaan innolla Joulupukkia.

Vartijatonttu Haukansilmä alkoi olla hyvin epätoivoinen, kun lapiot eivät purreet pakkaantuneen lumeen, eikä ratkaisua lumipulmaan tuntunut löytyvän. Hänen päähänsä pälkähti ajatus, että kun syy on Tohelon, on tämän myös ratkaistava se. Haukansilmä marssi syyllisen makuukammion ovelle ja ärjäisi

– Nyt Sinä Tohelo saat panna harmaat aivosolusi työhön ja keksiä miten lumiseinään avataan kulkureitti!

– Mutta kun minä…! Enhän minä…! Vahinkohan se oli! Tai jos…, änkytti Tohelo.

Samalla hänen kivusta jyskyttävään päähänsä välähti ajatus! Pieni valkoisella turkiksella reunustettu punainen tonttulakki suorastaan hypähti kipeässä, siteen peittämässä päässä.

– Eikös vuonna 1967 …? Eikös tosiaan 1967 vai oliko se 1963 joulun alla ollut tuotannossa aivan hiuksen hieno ongelma? laukaisi Tohelo.

– Mitä ihmettä Sinä nyt hourit ja ikivanhoja juttuja? tivasi Haukansilmä kiivaana.

– Niin, kun tuota... tai silloin kun...!

– Kakista vaan ulos ja kiireesti!

– Minä kun olin silloin tuota sähkötuotelinjalla ja sattui tuota pieni vahinko, soperteli Tohelo. Aivan pieni vahinko, enkä minä sitä tahallani...

- Vahinko! Mikä ihmeen vahinko? keskeytti vartijatonttu Tohelon sekalaisen sopertelun.

- No kun minä laskin vastukset aavistuksen verran väärin ja niihin hiuskihartimiin tuli aivan pienen pieni virhe!

- Mihin kihartimiin ja mitkä vastukset? No anna tulla nyt ulos! Ja vähän äkkiä!

- Niistä kun tuli aivan vähän liian tehokkaita. Ihan pikkiriikkisen vaan. Niissä piti olla 1000 Wattia, mutta kun minulla oli jäänyt lasit kammioon ja minä luin kasaamisohjeista, että 10000 Wattia. Kerkesin tehdä niitä 5000 kappaletta ennen kuin työnjohtajatonttu tuli paikalle ja pysäytti tuotantolinjaston. Vaikka eihän siinä ollut kuin yksi nolla liikaa ja eihän nollat yleensä merkkaa mitään!

- No, mitä ne nollat nyt sitten tähän kuuluu?

- No, kun ne kihartimet ovat vielä pajan varastohyllyssä. Niillä voisi yrittää sulattaa lumen!

Haukansilmä tajusi hetkessä Tohelon vihjaaman mahdollisuuden ja samassa hän jo jakeli ohjeita puhelimeensa. Eikä mennyt kunnolla viittä minuuttiakaan, kun pajan etuhalliin ilmestyi ryhmä tonttuja kihartimet kädessään. Kuormaajatontut saivat väistää hallin perille hätäryhmän vallatessa pääoven edustan.

- Huomio! karjaisi etuhalliin juoksujalkaa palannut Haukansilmä juuri saapuneille tontuille. Te menette ovesta ulos ja alatte sulattaa kuistin edessä olevaa lunta niin, että päästään lastaamaan Pukin reki ja pomo pääsee matkaan!

Tonttujoukko asteli ripeästi kuistille ja aloitti sulatustyön. Reilussa vartissa oli lumeen avattu neljä metriä halkaisijaltaan oleva tunneli. Lumipenkan ulkopuolelle olivat jo tallitontut tuoneet Petteri-poron kavereineen ja lastausta odottavat tyhjät reet. Yhdessä humauksessa alkoi mahdoton tavararalli pajan puolelta reelle. Ja hetkessä olivat lahjatavarat paikoillaan rekijonossa.

- Haukansilmä! Mikä tilanne? kuului jämäkkä, mutta lempeä ääni ovelta, jonne oli ilmestynyt kaikkien kunnioittama pitkäpartainen, punanuttuinen Joulupukki.

- Reki on lastattu ja kaikki on valmiina matkaa varten! ilmoitti vartijatonttu Haukansilmä.

- Kiitos, kiitos! Sittenpä minä laitankin lapikkaisiin vauhtia ja Petteri pääsee kavereineen vetohommiin! Vuosihan siitä edellisestä reissusta jo onkin. Taitaa porotkin odottaa innolla tätä matkaa.

- Hyvää matkaa Pukki! huusivat tontut kuorossa.

- Ja sinä sitten! sähähti Haukansilmä pukin kadotessa tunturin taakse ja käänsi tuiman katseensa kuistille Pukin lähtöä katsomaan tulleeseen tonttu Toheloon. Tämä oli jo ainakin kolmassadas kerta, kun sotkit asioita! Olisi luullut, että jo tuon ikäinen, juuri parhaassa keski-iässä oleva tonttu, olisi jo oppinut huolellisemmaksi! Onneksesi jälleen kerran keksit ratkaisun ongelmaan! Pääsit taas kuin koira veräjästä! Yritä edes jatkossa olla vähän huolellisempi!

LOPPUSANAT JOULUA ODOTTAVILLE

Vahinkoja voi sattua, vaikka ei olisi kovin tonttukaan! Mutta niin tonttujen kuin ihmistenkin on syytä olla aina varovaisia kaikissa puuhissaan.

Kiltteys, *ystävällisyys ja kohteliaisuus eivät ole juurikaan suureksi haitaksi ihmiselle. Niitä kannattaa vaalia ja hyödyntää kaikkialla ja kaikissa tilanteissa.*

Yleisohjeena voisi antaa jokaiselle:

Tee ja toimi niin kuin tahtoisit itsellesi tehtävän ja niin kuin toivoisit itseäsi kohtaan toimittavan!

ILOISTA JOULUN ODOTUSTA!